Und als ich fuhr, da war ich frei.

Die Geschichte von Ida und Emil Stingel

Marc Benduhn

- Wenn ein Leben sich dem Ende richtet,
man noch ein paar letzte Zeilen dichtet,
wird bewusst und gleichfalls klar,
wie kurz doch so ein Leben war. -

Bibliografische Informationen der Deutschen
Nationalbibliothek:
Die Deutsche Nationalbibliothek verzeichnet diese Publikation
in der Deutschen Nationalbiblografie; detailierte bibilografische
Daten sind im Internet unter http://dnb.dnb.de abrufbar.

© 2019 Marc Benduhn
Herstellung und Verlag:
BoD – Books on Demand, Norderstedt

ISBN: 978-3-7494-3612-5

Kapitel

Hauptcharaktere in diesem Buch:

Emil Stingel:

- 86 Jahre
- Oberkörperhaltung leicht nach vorn geneigt
- bauchfrei
- bartlos
- grauweißes, kurzgeschnittenes Haupthaar
- buschige, grauweiße Augenbrauen
- ca. 178 cm groß
- Brillenträger (schwarze Bügel, ohne Rand)
- Augenfarbe: braun
- meist rötliche Wangen

Ida Stingel:

- 83 Jahre
- Oberkörper leicht nach vorn geneigt
- nicht ganz bauchfrei
- dunkelbraun gefärbtes, lockiges, schulterlanges Haar
- akkurat gepflegte, dunkelbraun gefärbte Augenbrauen
- ca. 163 cm groß

- Lesebrillenträgerin, weiße Bügel
- Augenfarbe: blau-grün
- meist rötliche Wangen

Billy:
- 86 Jahre
- bester Freund von Emil
- grauer, gepflegter Vollbart
- graues, schulterlanges Haar (meist zum Pferdeschwanz gebunden)
- grüne Augen
- ca. 175 cm groß
- Brillenträger (braune Bügel)

Vorwort

Dass Wünsche, die uns sehr am Herzen liegen, irgendwann in Erfüllung gehen könnten, ist ein Gedanke, den wohl sehr viele von uns in sich beherbergen. Sehnsüchte, Triebe, Reize, Träume, Begierde, hoffnungsvolle Gedanken – sie sind auf ihre Art individuell. Langwährende Gesundheit für die Familie, ein kleines Häuschen und ein friedvolles Leben am Meer, ein ruhiges Leben unabhängig von Schichtarbeit, Mindestlohn und Wochenendarbeit.

Manchmal wünschen wir uns auch einfach nur, dass etwas vielleicht irgendwann anders wird, vielleicht sogar besser. Dass ein *Irgendwann* vielleicht irgendwann zu spät ist, ist uns meist gar nicht so recht bewusst. Mitunter rasten unsere Träume und Wünsche geduldig in Gedankenblasen, die uns ein Leben lang begleiten, ohne dabei zu zerplatzen und ohne dabei gänzlich vergessen zu werden.

Hin und wieder resignieren wir, da der ein oder andere Traum in weite Ferne gerückt scheint und schier unerreichbar wirkt. Wir halten ihn mit unseren naiven, kindlichen Gedanken fest, als sei er ein mit Helium gefüllter Luftballon, der hinfort fliegen würde, sobald wir ihn loslassen. Wir halten daran fest und können nicht so recht von ihm lassen.

Mit Wünschen und Träumen ist es eben wie mit Freunden. Die einen vergehen wie welkende Blumen von heute auf morgen, die anderen bleiben ein Leben lang – wie die Liebe einer Mutter zu ihrem Kind. Wie lange träumte ich davon, irgendwann ein Buch zu schreiben, welches die Welt verändern könnte? Wenn ich am Abend einschlief, war es mein letzter Gedanke und wenn ich am Morgen erwachte, der erste. Tag um Tag nährte sich dieser Gedanke in mir und sträubte sich dagegen, losgelassen zu werden. Mit den Jahren jedoch geriet er ein wenig ins Abseits, denn Rituale wie die tägliche Arbeit und ein Leben in Familie schoben ihn mitunter forsch beiseite. Doch so sehr er auch an den Rand des Abgrundes des Vergessens gedrängt wurde, er hangelte sich stets ein Stück empor und irgendwann schien es so, als könne ihn nichts davon abhalten, seine Kräfte immer wieder aufs Neue zu bündeln. Und siehe da: Seine zielbewußte Hartnäckigkeit und Ausdauer wurden belohnt.

Lasst und also beginnen, die Welt ein wenig zu verändern. Und wenn schon nicht die ganze Welt, dann zumindest uns selbst.

Ich wünsche Ihnen viel Ruhe beim Lesen.

M.B.

Kapitel 1

Einstieg

Ich stamme aus einer wahrlich guten und fürsorglichen Elternstube und im Verlaufe meines nunmehr langen Lebens konnte ich eine Vielzahl mir beigebrachter Regeln und Grundsätze, die ich seitens meiner Eltern erfuhr, ganz wunderbar anwenden. Teils tat ich es unbewusst, teils ganz und gar sehr bewusst. Doch größtenteils tat ich es instinktiv.

Ich bot als Kind meinen Sitzplatz im Bus älteren Menschen an, sprach »Guten Tag« und »Auf Wiedersehen« und wusste durchaus, wann ich höflich und zuvorkommend, emphatisch, mutig oder zurückhaltend sein musste. Ich verhielt mich so, wie ich es beigebracht bekam, und so, wie ich instinktiv entschied.

Dass sich Ansichten und Meinungen im Laufe eines Lebens ändern können, brauche ich Ihnen mit großer Sicherheit nicht zu erzählen. Auch dass im Leben nicht immer alles so verläuft, wie man es sich als Kind nur allzu oft ausmalte. Doch was macht das schon? Nun bin ich sechsundachtzig Jahre alt und glauben Sie mir eins, ich bin noch lange nicht am Ende.

Kapitel 2

Rituale und Akzeptanz

Mit der Zeit hatte ich mir regelrecht abgewöhnt auszuschlafen. Mein Wecker klingelte täglich exakt um 06:19 Uhr, auch sonntags. Ich mochte den Gedanken, schon sehr zeitig zu erwachen, um möglichst viel von jedem Tag mitbekommen zu können. Außerdem bekam ich ohnehin reichlich Schlaf, denn das ist wohl einer der Vorteile am Dasein eines alten Mannes. Ich konnte mir meinen Schlaf so einteilen, wie ich ihn benötigte.

Wenn ich müde war, schlief ich, wenn ich Appetit bekam, aß ich, und wenn ich Lust auf Gartenarbeit hatte, ging ich in den Garten und werkelte ein wenig.

Mitunter musste ich mir nur genau merken, wo ich meine Brille hingelegt hatte, bevor ich einschlief, sonst konnte es passieren, dass ich nach dem Erwachen wie ein geistloses und wirres Wrack ängstlich durch meine eigenen vier Wände taumelte, da die Sicht nicht gegeben und die Panik perfekt war. Ansonsten hat so ein Dasein als alter Mann schon viele Vorteile. Auf mich wartete morgens keine gepackte Schultasche, kein erlösendes Pausenklingeln, keine nervtötenden Klassenkameraden, kein übereifriger Kommilitone, kein akribisch nach der Weltherrschaft eifernder und strebender Professor, kein immerzu nörgelnder Chef, keine neiderfüllten Kollegen, keine mitunter lästigen Weiterbildungsmaßnahmen und auch keine Montagearbeit im Ausland, ein Drei-Schicht-System und Wochenendarbeit. Einzig Ida, meine Frau, wusste es gelegentlich zu verstehen, mir den einen oder anderen Nerv zu rauben. Doch ich bin mir ziemlich sicher, sie würde Ihnen ziemlich genau dasselbe über mich berichten.

Ja, das Rentnerdasein hat schon seine Vorteile und – zumindest kann ich das von meinem augenblicklichen Aufenthalt im Ruhestand gut behaupten – es beinhaltet wunderschöne und besinnliche Rituale, die es ganz und gar zu pflegen lohnt. Natürlich und absolut logisch, gibt es auch im Ruheständlermodus einige Dinge, welche nicht unbedingt nach deliziöser Verkostung und Wiederholung schreien.

Ich denke da beispielsweise an die immer wiederkehrenden Arztbesuche, an zahlreiche Vorsorgeuntersuchungen, aber auch an die unzähligen Bestattungstermine von Freunden und Bekannten, die einem bewusst machen, dass das Altern an sich auch ein bitteres Roden im Freundes- und Bekanntenkreis darstellt.

Im Wald des eigenen Lebens fällt Tag um Tag, Woche für Woche, der ein oder andere bekannte und vertraute »Baum«.
Eifrige und strebsame Nachfahren ersetzen ihn vielleicht auf irgendeine Art und Weise, doch seine Stelle bleibt unbesetzt, einzig seine Wurzeln sind noch zu sehen. Seine Gestalt jedoch wird welk, eine andere blüht auf. Doch auch der Tod gehört nun einmal zum Leben. Obgleich hierfür die Akzeptanz sehr oft nicht gegeben ist – aus unterschiedlichen Gründen. Es gibt unzählige Beispiele hierfür.

Nehmen wir ein friedvolles Kind, welches sein ganzes Leben noch vor sich hatte, doch schlussendlich einem Krebsleiden erlag, oder aber den liebevollen Familienvater, der durch Fremdverschulden bei einem Verkehrsunfall ums Leben kam. Wie oft geht in solch traurigen Beispielen die Ungerechtigkeit Hand in Hand mit einer unveränderbaren Tatsache. Und auch wenn die Akzeptanz der Eltern des an einem Krebsleiden verstorben Kindes oder der Ehefrau und ihrer Kinder des beim Verkehrsunfall verstorbenen Ehemannes verständlicherweise vielleicht nie im Leben eintreten wird, so hat er doch bestand – der Tod. Und sowohl die Eltern als auch die Ehefrau und ihre Kinder werden versuchen müssen, einen Weg zu finden, um mit dem Geschehenen zurechtzukommen. Vielleicht ist der Weg der Akzeptanz nicht immer der einfachste, nicht immer der schönste und ganz bestimmt auch nicht der leichteste, doch eines ist er ganz bestimmt: der hoffnungsvollste. Es heißt nicht, dass sie vergessen, es heißt nur, dass sie nicht aufgeben.

Auch ich schob früher solche »unschönen« Thematiken oft beiseite, wollte sie nicht sehen oder hören, wollte nicht darüber sprechen. Doch so sehr ich sie auch zu verdrängen versuchte, irgendwann, da waren sie wieder allgegenwärtig und mitunter mehr als vorher.

Ich bin mir sicher, auch Sie kennen solche »unschönen« Thematiken und auch in Ihnen schlummert wohl das ein oder andere »komische« Bauchgefühl, wenn Sie an die ein oder andere Sache denken, die Ihnen zu schaffen machte oder vielleicht noch immer zu schaffen macht.

Für mich war dies viele Jahre lang der Umgang mit der Akzeptanz des Todes. Ich mochte in jungen Jahren nie daran denken, einmal meine Eltern, Großeltern, Freunde oder andere geliebte Mitmenschen zu verlieren. Gerade wenn im engeren Umfeld wieder ein neuer Todesfall bekanntgegeben wurde, vielleicht der Großvater meines besten Freundes verstarb, überkam mich dieser Schauer an »unschönen« Gedanken. Ich wollte und konnte nicht akzeptieren, dass Menschen, die mir lieb und teuer waren, irgendwann einmal nicht mehr an meiner Seite weilen sollten.

Doch heute weiß ich: Diese mitunter unbestreitbaren, kindlichen und naiven Gedanken zu verdrängen, macht die Situation nur noch schlimmer. Sich zu verschließen bedeutet auch, sich zu verstecken und gewissermaßen mutlos zu sein. Sicherlich ist dies kein Vergehen und in mancher Hinsicht auch absolut menschlich, doch ich wollte nicht mehr verschlossen und mutlos sein, eher offen und restlos mutig.

Also suchte ich nach einem Weg, meine fehlende Akzeptanz in irgendeiner Weise umzuwandeln. Anfangs gestaltete sich diese Suche jedoch noch schwieriger als gedacht. Denn immer wieder schlug meine innere Nichtakzeptanz meine innere Akzeptanz k.o. Gelegentlich in der zweiten Runde, manchmal in der achten Runde, doch es dauerte eine ganze Weile, bis ich mein Akzeptanzverhalten in ein Pro statt eines Kontras umwandeln konnte.

Doch wie gelang es mir? Es gelang mir, indem ich zuließ und darüber hinaus losließ. Ich sprach mir immer wieder zu, dass es nun einmal Dinge im Leben geben wird, an denen ich nichts ändern kann, dass es wieder und immer wieder Dinge in meinem Leben geben wird, an denen ich nichts ändern kann. Ich resignierte also nicht, ich akzeptierte. Dass dieser Prozess nicht von heute auf morgen gelang, dürfte einleuchtend sein. Doch es gelang.

Schritt für Schritt setzte ich einen Fuß nach dem anderen, und so, wie ich physisch meine Ziele erreichte, schaffte ich es dann auch psychisch. Dies war der Weg, den ich wählte.

Kapitel 3

Brötchen und Diamanthochzeit

Maltes Sonntagsbrötchen waren ein Muss, ein Muss an jedem Sonntagmorgen. Diese goldgelbbrauen, nicht zu knusprig gebackenen und sorgfältig von Meisterhand gefertigten Brötchen. Wir liebten sie. Diese Brötchen begleiteten uns nun schon seit über vierzig Jahren, sie gehörten demnach schon zur Familie und standen weit oben auf der Liste unserer Rituale. Allein die Tatsache, dass Maltes Bäckerei noch immer in unserem kleinen Örtchen weilte, erfreute uns wieder und immer wieder. Und wissen Sie, diese Brötchen hatten nunmehr vier unserer geliebten Katzen überdauert und obendrein die ein oder andere Ehekrise.

Wenn ich von »wir« spreche, dann meine ich natürlich meine Frau Ida und mich. Wir sind nun seit vierundsechzig Jahren verheiratet. Vor vier Jahren begingen wir unsere vom Fachmund geprägte Diamanthochzeit.

Sie bot einen hervorragenden Anlass, um wieder einmal Freunde und Bekannte zu treffen und sich in gemütlicher Atmoshäre mit ihnen zusammenzufinden, den einen oder anderen Likör zu sich zu nehmen und mal wieder das Tanzbein zu schwingen.

Und das taten wir auch, sehr ausführlich sogar. Lange hatten wir nicht mehr so ausgiebig gefeiert. Doch dies war zugleich auch die bislang letzte Feierlichkeit, zu der Ida und ich ausgelassen tanzten und unbeschwert Spaß erlebten.

Unsere Familie indes besteht nur noch aus Ida und mir. Wir hatten ein paar Freunde, größtenteils liebe Nachbarn und auch so die ein oder andere etwas flüchtige Bekanntschaft, doch eigene Kinder hatten wir leider keine. Anfangs war die Ernüchterung über diese Tatsache sehr enorm; ich denke, das ist nachzuvollziehen.

Das Wunder der Geburt, der Geburt eines eigenen Kindes, blieb uns leider verwehrt. Oft hatten wir uns den Kopf darüber zerbrochen, mitunter tage- und nächtelang. Doch was sollten wir tun, am Ende blieb uns immer nur diese eine Erkenntnis, die Erkenntnis der Akzeptanz und dass es eben Dinge gab, die wir nicht ändern konnten, selbst wenn wir es gewollt hätten.

Und natürlich hätten wir vielleicht auf anderen Wegen unser Familienglück perfekt machen können, doch um welchen Preis? Schließlich hat alles in irgendeiner Weise seinen Sinn, auch wenn dieser nicht immer gleich auf Anhieb zu erkennen ist.

Ida und ich jedenfalls hatten akzeptiert, und schließlich folgt auf trüben Regen bekanntermaßen strahlender Sonnenschein, auf Trauer folgt Freude. Es ging letztlich nur darum, wie wir das Ganze betrachteten. Wir hatten uns, und das war das, was wir wahrhaftig festhalten konnten. Und wir hielten uns fest, sehr sogar, denn das war unser Glück. Ein Glück, welches wir nunmehr seit vierundsechzig Jahren festhielten. Mal etwas mehr, mal etwas weniger, aber immer so, dass das Band unserer Liebe in

Reichweite war. Wir schauten nie zu weit in die Ferne, denn wer in der Ferne nach seinem Glück sucht, der übersieht das, was vor ihm liegt. Und schließlich gab es ja auch andere Möglichkeiten, seine eigene Familie ein Stück weit zu vergrößern, durch Fellkinder beispielsweise.

Schon als kleiner Junge begleiteten mich viele, viele Fellkinder. Auf Großvaters und Großmutters Bauernhof gab es reichlich davon. Ich war wie Mogli, nur wuchs ich nicht inmitten von Wölfen auf, sondern eben inmitten von Katzen, also Fellkindern, wie Großmutter immer zu sagen pflegte.

Minka, Bobby, Tilda, Bruno und Theo. Großmutter mochte die sanftmütige Art, die Katzen ja bekanntermaßen auf Menschen ausstrahlen. Besonders jedoch mochte sie Tilda. Sie war der wahrhaftige Ruhepol in der Katzenfamilie, und sie hatte das eine oder andere Katzenprivileg. Ich sehe Großmutter noch heute vor mir, wie sie am Abend in ihrem Schaukelstuhl saß, Kartoffeln schälte und Tilda sorglos zu ihren Füßen lag. Mitunter wanderte das eine oder andere mit Bedacht geschnittene Kartoffelscheibchen aus Großmutters Hand in Tildas Richtung, die dieses schnurrend und wohlschmatzend entgegennahm. So war es reine Formsache, dass auch mich das eine oder andere Fellkind in meinem späteren Leben begleiten sollte.

Triksi, ein grau meliertes Katzenweibchen, war das Hochzeitsgeschenk meiner Eltern für Ida und mich. Mit den Jahren folgten Max, Ruth und Emma. Letztere begleitet uns noch heute. Auch sie besaß ein wahrlich ausgeglichenes und ruhiges Gemüt, sie war eben eine echte Hauskatzendame. Nach draußen ging sie nur sehr selten und wenn, dann in den Hinterhof, wo sie meist zwei bis drei obligatorische Runden um unseren seit Jahren prächtig gedeihenden Pflaumenbaum drehte, um dann mit erhobenem Kopf wieder nach drinnen zu spazieren. Sie ist unser aktuelles Fellkind und mit großer Wahrscheinlichkeit auch unser letztes. Wer vierundsechzig Jahre verheiratet ist, muss schon einige Jahre gelebt haben. Aktuell jedenfalls gehe ich auf mein sechsundachtzigstes Lebensjahr zu, Ida wird dreiundachtzig.

Die Haare sind mittlerweile restlos ergraut, eher weißgrau, einen Bart trage ich keinen, denn da wuchs noch nie so richtig was. Meine reparaturbedürftige Brille mit schwarzen Bügeln ist Standard, und körperlich bin ich noch ganz gut in Schuss. Ida meinte beharrlich, ich könne ruhig ein bisschen mehr essen – und das tat ich auch. Doch ich war schon immer eher der drahtige Typ, sodass ein Bäuchlein nie so recht wachsen wollte, was mich nicht unbedingt störte. Einzig die Mobilität war nun ein wenig eingeschränkter als noch vor dreißig Jahren, aber ansonsten fühlte ich mich fit. Tägliche Bewegungsübungen für Arme, Rumpf, Kopf und Beine, Kreuzworträtseln, die Tageszeitung lesen, Spaziergänge im Freien und das freitägliche Dartspielen in der Garage hinterm Haus mit Billy, meinem besten Freund, trugen sehr zum Wohlergehen meinerseits bei. Noch viel schöner jedoch war die Tatsache, Tag um Tag neben derselben Frau zu erwachen, an guten wie an schlechten Tagen. Auch wenn gerade die vergangenen Jahre nicht unbedingt einfach waren. Ida und ich, das war eine Mischung aus Krautsalat und scharfer Peperoni in Öl und Knoblauch gebraten. Es hatte ordentlich Zunder und sah ganz gut aus.

Heutzutage hört, liest und sieht man viel, und manchmal kommt es mir so vor, als würde ein gewöhnliches Abonnement einer Klatschzeitschrift länger andauern, als die Dauer einer Ehe oder Partnerschaft. Doch das ist wohl der Lauf der Zeit, einer Zeit, in der, wie praktisch, alles greifbar wirkt.

Uninteressante Partnerschaften werden gewechselt wie die Glühbirnen einer Stehtischlampe, und es wirkt beinahe »uncool« seine Freundinnen oder Freunde nur noch an einer Hand abzählen zu können.

Selbst »Freundschaft« scheint mitunter so schnelllebig zu sein wie das Leben einer Eintagsfliege. Meiner Meinung nach ist das mit der Liebe und der Freundschaft im Prinzip wie mit dem Wetter: Mal ist es heiter, mal ist es wolkig, mal regnerisch, mal stürmisch und dann wiederum ein Mix aus allem. Und irgendwie ist es auch vollkommen in Ordnung so, denn wenn ich genau überlege, ist es für unsere Existenz auch absolut vonnöten.

Nichts wäre gut, wenn es nur das Eine gäbe. Projiziert auf unsere Welt und auf die Liebe wäre nur Sonne sehr fatal, nur Regen wäre fatal, nur Wolken wären fatal und auch nur Sturm wäre fatal. Somit birgt ein Gemisch aus allem dann doch das beste Fundament für das Bestehen von Mensch, Tier, Pflanzen und eben der Liebe. Und jenes Fundament ist allgegenwärtig, Liebe ist allgegenwärtig, vielfältig und facettenreich.

Wer miteinander durch alle »Wetterlagen« geht, der wird sich wundern, wie klar der Himmel mitunter ist. Doch wer akzeptiert all diese Wetterlagen noch? Wer ist noch bereit, sich schmutzig zu machen, sich durch Stürme zu kämpfen, sich den Winden entgegenzustellen? Diese Frage kann sich nur jeder selbst beantworten. Ich habe meine Antwort längst gefunden, und eines ist klar:

Es ist ganz und gar ein Privileg, ein vielleicht lobenswerter Gedanke, die Chance einer Wahl zu besitzen, ganz egal auf welchen Eckpfeiler des Lebens dies gerichtet sein wird. Ob in der Liebe, der Freundschaft, dem Beruf und der Karriere, der Gesundheit oder in puncto Ernährung: Die Chance einer Wahl ist oft, vielleicht nicht immer, aber dennoch oft, gegebenen. Doch zu oft wird diese Wahl zu schnell als Alternative gewählt, und genau das macht es schwer, Beständigkeit in das eine oder andere Leben zu bringen.

Kapitel 4

An einem Sonntagmorgen vor drei Jahren

Den Tisch hatte ich mit viel Hingabe für unser Sonntagsfrühstück gedeckt. Ich liebte es sehr, den Tisch zu decken. Irgendwie war das schon immer meine Aufgabe gewesen. Die Rollenverteilung bei Ida und mir schien klassisch, altmodisch jedoch keineswegs. Ich brachte am Morgen die Zeitung ins Haus, ging sonntags zum Bäcker und kümmerte mich, so gut es noch ging, um Arbeiten am und im Haus sowie im Garten. Ja, und ich wusch auch mal die Wäsche oder hing sie auf, kochte Essen oder ging zum Einkaufen.

Wir besaßen ein paar angestammte Abläufe, die jedoch nie und zu keiner Zeit Langeweile in mir aufkommen ließen. Und wenn ich ehrlich bin: Ida wusste es ohnehin besser zu verstehen, uns ein vorzügliches Mittagsmahl zu bereiten, und selbst die Wäsche wurde kontinuierlich und akkurat entlang der Naht aufgehangen. Beim Zubereiten des Pflaumenkompotts aus den Pflaumen unseres eigenen, seit Jahren ganz wunderbar Ertrag bringenden Pflaumenbaums ging ein Handschlag in den anderen über und fügte sich wohlbehalten in eine Reihe von gemeinsamen Ritualen ein. Wie ich schon erwähnte: nicht altmodisch, aber klassisch.

Die Sonne schien an jenem Sonntag prächtig, und ich überlegte, das Frühstück in den Garten gleich hinterm Haus zu verlegen. Doch Ida kam am Morgen nicht so recht aus dem Bett, deshalb entschied ich mich für ein ruhiges Frühstück im Haus.

Maltes Sonntagsbrötchen sahen an jenem Tag besonders schmackhaft aus, und der Kaffee weilte bereits in unseren Tassen. Ich rief Ida herunter, denn unser Schlafzimmer befand sich im 2. Stock unseres Hauses.

Nach etwa einer Minute rief ich nochmals:

»Idaaaaa, Frühstück ist fertig!« Ich wartete kurz, doch es folgte wiederum keine Reaktion.

Ich legte das Messer beiseite, denn ich war gerade dabei, ein paar Bananen in kleine Stückchen zu schneiden, nachdem ich sie voher geschält hatte.

Eine Brötchenhälfte von Malte, mit Butter zart bestrichen und mit Bananenstückchen belegt, war genau nach meiner Vorstellung. Ich rief ein drittes Mal nach Ida:

»Frau Stingel, Früüüühstück!« Doch es kam wieder keine Reaktion.

Daraufhin ging ich die Treppe nach oben, direkt in Richtung Schlafzimmer. Noch auf der Treppe befindlich rief ich:

»Du hast wohl heute keine Lust auf Frühstück?«

Ich trat über die Türschwelle, den Kopf samt Blick leicht gesenkt, damit ich nicht an der Kante des Überganges hängen blieb. Es wäre nicht das erste Mal gewesen, dass mir dieses Ungeschick passiert wäre. Als ich im Schlafzimmer ankam, hob ich den Kopf samt Blick nach oben und sah, wie Ida mehr oder weniger am Bettrand »saß«. Sie versuchte krampfhaft ihren Oberkörper in aufrechter Position zu halten. Ihren Blick dabei werde ich nie vergessen: eine Mischung aus Hilflosigkeit und großer Besorgnis. An ihren Wangen hangelten sich Tränen hinab, und ich wusste schnell weshalb.

Ich rannte, so schnell es mir möglich war, nach unten zum Telefon, um den Notdienst zu rufen. Zu unserem Glück war er zehn Minuten später bereits eingetroffen und Ida wurde mit dem Krankentransport ins städtische Klinikum gebracht. Alles ging sehr schnell.
Ich flüsterte ihr noch zu:

»Hab keine Angst, ich komme nach!«

Der Kaffee verblieb an diesem Tag unberührt in unseren Tassen. Ida erlitt an jenem Sonntag vor drei Jahren einen Schlaganfall mit Sprachverlust und Halbseitenlähmung des rechten Armes und der rechten Hand.

Nachdem ich im Krankenhaus eingetroffen war, meinten die Ärzte zu mir, dass Idas Blutzufuhr in einem Areal der linken Gehirnhälfte blockiert gewesen sei, durch ein Gerinnsel, wie es hieß. Dies erklärte wohl den Verlust der Sprache und die noch immer andauernde Lähmung des rechten Armes und der rechten Hand. Deshalb konnte mir Ida am Morgen nicht antworten, als ich sie rief.

Nun lag sie hier, intensiv betreut. Sie weilte ein paar Tage auf der Intensivstation und wurde alsbald in eine Reha-Klinik verlegt. Ich wurde gefragt, ob ich sie begleiten möchte, und ich sprach mit Ida darüber, nicht nur einmal. Das Sprechen fiel ihr noch sehr schwer, doch wir konnten uns auch so einigermaßen gut verständigen. Wir einigten uns darauf, dass ich daheimblieb, um mich um das Haus und Emma zu kümmern und auch, damit sich Ida vollends auf sich selbst konzentrieren konnte. Wenn ich dabei gewesen wäre, hätte sie meine Anwesenheit vielleicht nur abgelenkt.

Idas Gedanken drehten sich ohnehin weniger um sie selbst, vielmehr um das, was es daheim zu meistern galt. So absolvierte sie ihre Rehamaßnahmen, und ich hatte meine Aufgaben in unserem Heim. Wieder gab es also eine Rollenverteilung. Dass jedoch diese Rollenverteilung für mich eine große Herausforderung werden würde, hatte ich anfangs nicht bedacht. Wie auch? Ich versuchte dennoch, dem Geschehen Herr zu werden und mit meinen mir möglichen Kräften gegenzusteuern. Zugegeben, es fiel mir jedoch nicht immer leicht, und was mich besonders unruhig werden ließ, das war diese Stille, diese Stille an jedem der insgesamt sechsundzwanzig Tage, an denen Ida nicht bei mir war. Hinzu kam, dass sich in meinen Gedanken eine gewisse Ungewissheit und Verunsicherung ausbreitete.

Wie würde es weitergehen, wenn Ida wieder bei mir wäre? Konnte sie ihren Alltag noch bewältigen, hatte sie überhaupt noch die Kraft dazu – und vor allem: Konnte ich diese Kraft aufbringen? Was würde sich generell für uns beide ändern?

Um nicht plötzlich im Fragenkarusell zu kollabieren, suchte ich nach einer Möglichkeit, mein Gedankenchaos ein wenig zu orden.

So fing ich an, alles kontinuierlich aufzuschreiben. Jede hartnäckige Flause, jede noch so bedenkliche Überlegung, die mir quer im Magen lag, brachte ich zu Papier. Denn indem ich sie aufschrieb, setzte ich mich bewusst mit ihnen auseinander, und konnte ich eine quälende Frage klären, beruhigte mich dieses Gefühl für einen kurzen Augenblick.

Zwei Mal in der Woche besuchte ich Ida; den Weg in die Reha-Einrichtung vollzog ich mit dem Bus, da ich mir das Autofahren nicht mehr zutraute, oder besser gesagt durch Einsichtigkeit glänzte. Auch wenn es hin und wieder beschwerlich war, nicht mehr durch die Mobilität eines Pkws gestützt zu werden, so war es doch vernünftig, einzusehen, dass ich dann doch eher aufgrund der Alterungsprozesse eine Gefährdung im Straßenverkehr für mich und meine Mitmenschen darstellte.

Ida machte gute Fortschritte, und mit jedem Tag hatte ich mehr Hoffnung, dass wieder alles wie vor dem Anfall werden würde. Die anfangs quälenden Fragen wurden weniger, was allerdings nicht hieß, dass sie vollends verschwanden.

Schließlich, nach sechsundzwanzig Tagen, kehrte Ida endlich wieder heim und es begann ein neuer Abschnitt in unserem Leben. Ich bekam von den Therapeuten und Ärzten des Reha-Teams einige gute Tipps für den Umgang mit ihr. Ich solle sie weiter fördern, statt alle Arbeiten abzunehmen. Nicht überfordern, aber dennoch fordern. Auch wenn es mir anfänglich fallweise schwerfiel, es gelang mir mehr und mehr. Ich gab ihr Hilfe – so viel wie nötig, so wenig wie möglich. In allen Dingen des Alltags war ich für sie da, Tag für Tag, Woche für Woche, Monat für Monat, Jahr für Jahr.

Doch wissen Sie, mit der Zeit veränderte Ida sich: ihr soziales Verhalten, ihr Antrieb, ihr Ess- und Trinkverhalten, ihr Schlafverhalten, ihre Lebensfreude und ihre Launen. Auch meine anfängliche Euphorie wurde Tag für Tag in aufkeimende Überforderung umgewandelt, und irgendwann, da musste ich mir eingestehen, dass ich dem ganzen Unterfangen nicht mehr gerecht werden konnte. Gute drei Jahre nach ihrem Schlaganfall hatten wir seither verbracht und schien Ida anfangs wieder die »Alte« zu sein, so spürte ich, dass es in ihr ganz anders aussah. Sie trank nur noch sehr wenig und aß sehr schlecht. Sie kommunizierte immer weniger mit mir, und es gab Zeiten, da fühlte ich mich sehr hilflos.

Oft suchte ich das Gespräch mit ihren Ärzten, sie gaben mir den einen oder anderen Hinweis und ich versuchte, diese Ratschläge bestmöglich umzusetzen. Doch oft scheiterte ich, vielleicht auch, weil ich es zu sehr wollte und weil auch mein Körper nicht mehr mit meinem mentalen Willen mithalten konnte.

Ida saß viel in ihrem Schaukelstuhl auf der Veranda, und Emma, unser Fellkind, saß oft in ihrem Schoß. Täglich weilten sie dort mehrere Stunden, und obwohl ich Ida gern noch mehr animiert hätte, zu Spaziergängen oder Ähnlichem, so war es doch ein zumindest teilweise sehr friedlicher Anblick, der mir gelegentlich Trost spendete. Das Sonntagsfrühstückritual mit Maltes Brötchen verblasste mehr und mehr, und seit der letzten Pflaumenernte waren schon über zwei Jahre vergangen.

Ich will nicht sagen, dass alles schlecht wurde, doch vieles wurde beschwerlich, und der Geist unseres einst sehr lebendigen Zusammenseins schien mehr und mehr von uns zu gehen. Mitunter bekam ich Ida kaum noch aus dem Bett, manchmal verschlief sie den halben Tag, während draußen die Sonne ganz prächtig schien. In der Nacht wiederum wurde sie sehr aktiv, und es war nicht selten, dass ich erwachte und Ida nicht neben mir im Bett vorfand, sondern irgendwo durchs Haus geisternd.

Ich musste mir Wege überlegen, wie ich allein diese Baustelle ihrer Nachtaktivität beseitigte. Die Ärzte meinten, ich solle darauf achten, dass Ida tagsüber nicht so oft einschlief, sozusagen vorschlief, denn dies würde ihre Nachtaktivität begünstigen. Doch ganz unter uns, das war leichter gesagt als getan. Wenn Ida tagsüber einschlief, dann schlief sie tief und fest, und es war mir nur ganz und gar selten möglich, sie dem Tagesschlaf zu entreißen. Manche Ärzte empfahlen sogar eine Schlafmedikation für die

Nacht, doch davon wollte ich nichts wissen.

Stattdessen half ich mir durch eigene Ideen, Ida zumindest in der Nacht nicht mehr orientierungslos im Haus vorfinden zu müssen. Oft band ich um mein linkes und ihr rechtes Handgelenk eine lockere Schleife meines flauschigen Bademantelgürtels, sodass ich immer wach wurde, sobald Ida wieder aus dem Bett flüchten wollte. Anhand des plötzlich auftretenden Ruckelns am Handgelenk wurde ich alarmiert und konnte somit ihre Nachtwanderungen verhindern. Doch eine wirklich endgültige Lösung war auch das nicht. Dann wiederum hatte ich die Idee eines Nachtglöckchenarmbandes.

Emma hatte an ihrem Halsband ein kleines, goldenes Glöckchen. Anhand dieses Glöckchens wussten wir immer, wo sie sich im Haus befand. Ich dachte mir, dass so ein Glöckchen als Armband auch etwas für Ida wäre. Die Not machte mich erfinderisch, ohne Ida dabei in irgendeiner Form schaden zu wollen. Daher kaufte ich ein gewöhnliches, dezent

rötliches Lederarmband, ähnlich einem Uhr-
armband, und befestigte daran ein kleines, sil-
bernes Glöckchen. Ich schien Ida mit dem neu-
en Glöckchenarmand sogar eine kleine Freude
zu bereiten.

»Schön!«, flüsterte sie zu mir und nahm
es zufrieden an. Ich meinte sogar, ein kurzes
Lächeln in ihrem Gesicht vernommen zu haben, so wie früher. Viele Abende trugen meine
Glöckchen-Idee und meine Bademantelschlau-
fen-Idee Früchte, doch manchmal überhörte
ich das Klingeln des Glöckchens dann doch,
und Ida streifte wieder nachtaktiv durch unser
Haus. Alles in allem fand ich also keine wirklich problemlösende Alternative, und so kamen
und gingen viele unruhige und schlaflose Näch-
te.

Idas Tagschlafeinheiten übertrugen sich
auch auf mich und so war es nicht selten, dass
wir gemeinsam den halben Tag verschliefen.
Die Nachtaktiviät übertug sich demnach auch
auf mich. Nicht nur Ida wirkte am Tage dann
kraft- und antriebslos, auch ich.

Und mich machte es oft sehr traurig, dachte ich doch zu gern an unsere abendlichen Spaziergänge durch die Ortschaft, das Frühstück im Garten unter unserem Pflaumenbaum, oder das gemeinsame Kreuzworträtseln und die Bingonachmittage am Sonntag.

Somit kam ich immer wieder an einen Punkt, an dem schwierige Fragen in mir aufkamen. Ich versuchte, sie nicht mehr zu verdrängen, doch so recht akzeptieren wollte ich sie auch nicht. Wir schrien uns hin und wieder derbe an, weil irgendetwas nicht so funktionierte, wie wir es uns vorstellten.

Mal schrie ich, weil Ida sich am Sonntagmorgen partout nicht aus dem Bett begeben wollte, obwohl die Sonne so herrlich in unseren Vorgarten schien und ich einen mit jeder Menge Liebe gedeckten Frühstückstisch vorbereitet hatte, oder aber Ida schrie mich an, weil sie nicht mit ihrem Stuhlgang zufrieden war, obwohl sie eine halbe Tüte Trockenpflaumen vernascht hatte. Solche Vorfälle häuften sich, und irgendwann nahte einfach dieser Punkt, da

Geist und Körper um Einsicht bettelten. Da kommst du an deine eigenen Grenzen und du torkelst auf einem schmalen Grat zwischen Aufgeben und Weitermachen. Daher ist es sicherlich sehr gut vorstellbar, dass die Situation immer angespannter wurde, und die Probleme häuften sich mehr und mehr. Das Angebot eines Pflegedienstes hatte ich anfangs bockbeinig abelehnt. Ich konnte mich nicht so recht mit dem Gedanken anfreunden, morgens und abends eine Pflegekraft im Haus zu haben, die sich um Ida kümmerte. Für mich wirkte das Ganze sehr befremdlich.

Und ich verhielt mich diesbezüglich so griesgrämig und egoistisch, doch zu diesem Zeitpunkt war ich dafür nicht bereit. Vielleicht waren es auch einfach nur zutiefst mürrische und verzweifelte Gedanken eines alten, brummigen Mannes. Ich verdanke es dem Zeitungswesen, dass ich durch Zufall irgendwann dann doch noch fündig wurde. Fündig bei der Suche nach Möglichkeiten, unsere angespannte Situation wieder entspannter werden zu lassen.

In einem Anzeigenblatt der Wochenzeitung erschien ein Artikel über die Senioren-Tagespflege »Abendglück«.

Ich wehrte mich innerlich noch ein paar Tage gegen diese im Grunde genommen helfenden Gedanken, doch ein Abfedern der gesamten Situation schien nunmehr unausweichlich.

Ich stellte mir die Frage: Was soll noch passieren, bevor ich endlich einsichtig werde? Ein nichtvorhersehbarer, nächtlicher Sturz vielleicht, oder noch mehr gegenseitiges Angeschreie, noch mehr Lebensqualität, die flöten geht, noch mehr dahinvegetieren?

Nein, so konnte es nicht weitergehen, nicht für Ida, nicht für mich und schon gar nicht für uns. Wir benötigen externe Hilfe, Entlastung unseres nunmehr beschwerlichen Alltages, den wir so nicht mehr stemmen konnten. Nichts ist für mich schwerer gewesen, als einzusehen, nicht mehr Herr der Lage sein zu können, nicht mehr eigenständig alles klären zu können, doch es half nichts, ich musste wieder einmal akzeptieren. Für mich persönlich war es ein gedanklich schmaler Grat zwischen Hilfe suchen zur Besserung unserer Situation und dem »Abschieben« meiner eigenen Frau in eine altersgerechte Einrichtung,

Doch das was der falsche Ansatz. Ich habe mir unzählige Male ausgemalt, wie es ohne externe Hilfe weitergegangen wäre, was alles hätte passieren können, es hätte sicher kein gutes Ende genommen.

Und so fassten wir einen Entschluss, einen Entschluss für uns. Denn auch Ida wusste unsere Situation durchaus zu verstehen, und ich spürte, wie auch sie innerlich nach Entlastung strebte. Sie sprach zwar nicht viel mit mir, doch ein Kopfnicken ging immer. Wir machten uns nichts mehr vor. Ich las ihr auch den Zeitungsartikel über das »Abendglück« vor.

»Meinst du, das wäre eine Alternative für uns?«, fragte ich sie. Sie nickte zustimmend und schloss dabei für einen kurzen Moment die Augen, ehe sie tief durchatmete.

»Ich liebe dich, mein Schatz«, flüsterte

ich ihr ins Ohr, und Ida schenkte mir daraufhin ein kurzes Lächeln. Ich nahm sie ganz fest in meine Arme, und in diesem Moment fing ich an zu weinen.

Ich weinte, nicht schluchzend, aber es kullerten Tränen meine Wangen hinab. Es waren keine Tränen der Freude oder der Euphorie, eher Tränen der Einsicht, der Machtlosigkeit, der Erkenntnis und der Erleichterung. Ein ganz wirres Gemisch.

Leben bedeutet eben auch Veränderung. Und so ist es ja auch, es verändert sich täglich etwas, mal etwas mehr, mal etwas weniger. So war es also, dass ich mich informierte, persönlich in der Tagespflege vorsprach, und schlussendlich wurden wir sogar von der Leiterin der Einrichtung daheim besucht. Es dauerte noch ein Weilchen, bis alle Formalitäten geklärt waren, doch nach und nach kam alles in die Gänge. Ida wurde ein Pflegegrad durch eine Begutachtung des Medizinischen Dienstes der Krankenkassen zugeteilt und nach kurzer Abtastphase wurde aus »sehr angespannt« wieder

»sehr entspannt«.

Ich bekam nun täglich Unterstützung von Mitarbeitern eines regionalen Pflegedienstes, morgens und abends, von Montag bis Freitag. Diese Umstellung war ehrlich gesagt für mich wirklich nicht einfach. Doch schlussendlich gewöhnten wir uns alle an die neue Situation.

Unsere Schreiszenarien wurden weniger, bis sie irgendwann komplett verschwanden. Natürlich gab es hin und wieder den einen oder anderen Reibungspunkt, aber das ist doch auch normal. Dennoch hatte sich wieder eine gewisse Harmonie in unserem grauköpfigen Alltag platziert. Einen enormen Anteil daran hatten die Damen und Herren des Pflegedienstes und der Tagespflege »Abendglück«. Dafür war ich sehr dankbar – und Ida auch. Hätte unser Fellkind Emma etwas zu dieser Thematik sagen können, dann wäre aus ihrem Katzenmund sicherlich auch ein Hauch von Erleichterung gekrochen, auch wenn ihr sicherlich die unzähligen und stundenlangen Streicheleinheiten mit

Ida fehlten.

So kam es, dass Ida von Montag bis Freitag zusätzlich noch die Tagesbetreuung besuchte. Der hauseigene Hol- und Bringservice übernahm den Transfer von unserem Haus zum »Abendglück« und wieder zurück, und Ida erzählte mir Brockenweise von ihren Erlebnissen unter der Woche.

Mal hatte sie zahlreiche Fotografien ihrer Tagesausflüge im Gepäck, ein anderes Mal eigens gefertigte Tonarbeiten. Ich fühlte, dass es ihr guttat. Mich beruhigte der Gedanke, auch weiterhin am Morgen neben ihr zu erwachen, sodass es nur ein paar Stunden waren, die wir getrennt verbrachten, so wie früher, als wir beide noch im Arbeitsleben standen. Sie wurde gut betreut und konnte auf ein sehr abwechslungsreiches Programm im »Abendglück« zugreifen. Diverse Therapiemöglichkeiten, wie Logo-Ergo-Physiotherapie, Spaziergänge in der Natur, Gemeinsames Kochen und Backen, Tagesausflüge, Spielenachmittage und viele andere Angebote wurden ihr ermöglicht, und es gab mir ein gutes Gefühl, mit ihr gemeinsam eine hilfreiche Entscheidung getroffen zu haben.

Am Morgen wurde sie um 7:30 Uhr abgeholt und am Nachmittag gegen 16:30 Uhr wieder zu mir zurückgebracht.

Gegen 6.30 Uhr erschien Frau Kupalka, eine Mitarbeiter des Pflegedienstes, um Ida beim Waschen und Anziehen behilflich zu sein. Ich selbst stand deshalb wie gewohnt 6:19 Uhr auf, damit nicht schon am Morgen ein Hauch von Hektik und Hast durch unser Haus flanierte. Punkt 7:30 Uhr wartete Idas Taxi vor der Tür, welches sie geradewegs zur Tagesbetreuung brachte.

Wenn sie am Nachmittag wieder heimkehrte, hatten wir noch ein wenig Zeit für uns, ehe 18.30 Uhr Frau Tönsen, eine andere Mitarbeiterin des Pflegedienstes erschien, um Ida für die Nacht bettfertig zu machen. Von Zeit zu Zeit verschwanden auch unsere gemeinsamen Nachtaktivitäten, und Ida schien Tag für Tag, von Woche zu Woche, sichtbar ausgeglichener. Somit gestalteten wir uns neue Rituale. Nachdem ich mich im Bad selbst gewaschen, angezogen und für den Tag bereit gemacht hatte, ging ich ins Schlafzimmer zurück, um Ida mit einem Stirnkuss an jedem Morgen in den Tag zu begrüßen. Sobald sie ihre Augen öffnete, war das für mich wie eine Art Seelenfrieden, denn es war keine Selbstverständlichkeit, gerade in unserem Alter, dass wir Tag um Tag die Augen öffneten.

»Guten Morgen, mein Schatz, es ist Zeit zum Aufstehen.« So in etwa ging der Tag für Ida los. Ich nahm ihre linke Hand und half ihr an den Bettrand. Sie zupfte sich ihr Nachthemd zurecht, ich reichte ihr den Bademantel und half beim Einführen der Arme in beide Ärmel, erst rechts, dann links. Ihr Nachthemd reichte im Sitzen nun fast bis zu den Fußsohlen. Sie atmete tief durch, und mitunter schenkte sie mir ein Lächeln. Gemeinsam verharrten wir am Bettrand, bis Frau Kupalka vom Pflegedienst an der Tür klingelte. Sie gingen Arm in Arm ins Bad und nachdem Ida ihre Morgentoilette beendet hatte, setzte sie sich auf einen kleinen

Hocker direkt vor dem Waschbecken, den ich extra für sie dort platziert hatte, sodass sie nur einen Gesäßschwung benötigte, um vom WC-Sitz zum Hocker zu gelangen. Diese Rituale waren ihr bekannt, und Frau Kupalka musste ihr recht wenig unter die Arme greifen. Den Spiegel oberhalb des Waschbeckens montierte ich so, dass er in verschiedene Höhen verstellt werden konnte, individuell und mühelos. Idas morgendlicher Waschvorgang kurz zusammengefasst:

Spiegel in Sichthöhe einstellen, Auskleiden des Bademantels und des Nachthemdes mit Frau Kupalkas Hilfe. Kontrollblick zum Heizkörper, Haare mit Haarbürste ca. drei Minuten ganz akkurat durchkämmen, Waschlappen für »unten« benutzen (Region Achselbereiche und unterhalb des Bauchnabels), Waschlappen für »oben« benutzen (Region oberhalb der Achselbereiche – Gesicht – Hals), abtrocknen mit Handtuch für »unten«, abtrocknen mit Handtuch für »oben«, Gesicht nochmals mit Kernseife ohne Waschlappen waschen, abtrocknen nochmals mit Handtuch für »oben«, eincremen beidseitger Gesichtspartien mit Gesichtscreme, Benutzung des Deodorants für beide Achselbereiche links und rechts, Entnahme der Zahnreihe »oben« aus der Zahnreihenaufbewahrungsbox und sodann Eingliederung in den obigen Mundraum, Entnahme der Zahnreihe »unten« aus der Zahnreihenaufbewahrungsbox mit ebenfalls Eingliederung in den unteren Mundraum, Kontrollblick der ordnungsgemäßen und richtigen Anordnung der Zahnreihen im Waschbeckenspiegel mit gegebenenfalls Nachbesserung, akkurates Händewaschen mit Kernseife, nochmaliges und sorgfältiges Bürsten der Haare für etwa zwei Minuten durch Frau Kupalka, unter Mithilfe Arme rechts und links in die Bademantelärmel führen mit anschließendem Gang zurück ins Schlafzimmer, Arm in Arm mit Frau Kupalka.

Dort angekommen setzte sich Ida immer, wirklich immer, auf eine schon sehr in die Jahre gekommene braune Ledercouch. Auch das war ein neues Ritual. Diese Couch war das

Hochzeitsgeschenk meiner Großeltern, und ich habe es nie geschafft, sie fortzugeben. Eigentlich passt sie optisch gar nicht mehr in unser Schlafzimmer, doch wen stört das schon.

Ich legte Kleidung für Ida parat, und sie gab mir durch ein dezentes Kopfnicken oder ein eifriges Abwinken zu verstehen, ob die Wahl der Kleidungsstücke ihren Geschmack traf – oder eben nicht. Am Ende fanden wir dann immer etwas, was in ihren Augen zutreffend war, was mich zumeist sehr erleichterte. Denn Sie wissen ja: Frauen und Kleidung, das darf man(n) nicht auf die leichte Schulter nehmen.

Sobald das morgendliche Wasch- und Ankleideritual beendet war, gingen wir alle gemeinsam hinunter in die Küche, um noch eine Tasse Kaffee zu trinken. Ich ging vor, Ida und Frau Kupalka folgten Arm in Arm. Der Treppenabstieg bedeutete Tag für Tag eine kleine Herausforderung, auch deswegen überlegte ich schon seit einiger Zeit, unser Schlafzimmer ins Erdgeschoss zu verlegen, da unsere Gelenke

schon beinahe im Akkord mit den Treppenge-
räuschen agierten und quietschten. Doch bislang blieb es immer bei einer reichlichen Überlegung meinerseits.

Während Ida somit täglich gegen 7:30
Uhr abgeholt wurde, blieb ich mit Emma allein
im Haus zurück.

Und dann war sie wieder da, diese Stille. Doch nun fühlte sie sich nicht mehr kalt, er-
drückend und beängstigend an, vielmehr woh-
lig, erleichternd und ausgeglichen. Es ging nicht
darum, dass Ida nicht im Haus war, es ging nur
darum, dass Ida in guten Händen war, denn ich
selbst hätte nicht mehr lange Herr der ganzen
Lage sein können. Es schien gut so, wie es war.

Auch entfernte ich mich von dem Gedanken, meine Frau ganz einfach »weggegeben«
oder »weggeschoben« zu haben, vielmehr sah
ich es so, ihr neue Erfahrungen und auch Erlebnisse zu ermöglichen.

Und ich sah ja, wie es ihr guttat – und
auch, wie es mir guttat. Wie ihr Körper sich
wieder mit Interesse und Freude füllte, wie ein

Hauch von Lebendigkeit wieder in sie zurückkehrte –und Selbiges galt auch für mich.

Und wissen Sie, auch die Stille beherbergt viel Gutes, oder sollte ich sagen: gerade die Stille?

Vielleicht klingt es ein wenig egoistisch, aber so habe ich wieder ein Stück zu mir selbst gefunden. Denn wissen Sie, gerade, wenn Ida aus dem Haus war, besann ich mich auf das, was ich Tag für Tag so erlebte. Natürlich waren es Prozesse, die sich täglich wiederholten und die für Außenstehende vielleicht sehr nach Langeweile klingen mögen; für mich jedoch war es in gewisser Weise ein bewusstes Auseinandersetzen mit der ganzen Situation um Ida und letztendlich auch um mich. Ida kannte ihre Waschbeckenabläufe nur zu gut, es war wie ein Lied, welches sich in Dauerschleife befand, das Tag für Tag eine wiederkehrende Melodie zelebrierte. Ich beobachtete sie an jedem Morgen bei ihren Abläufen, und in eben dieser ganz besonderen Beobachtermanier fand ich meine innerliche Ruhe.

Zumindest fand ich so viel Ruhe, dass

ich die mitunter anstrengende, vorangegangene Zeit, in der ich Ida allein und ohne Hilfe daheim betreute, fast gänzlich vergaß und ein inneres, zufriedenes Lächeln in mir aufkeimte. Denn ich sah, wie Ida sich wohlfühlte, auch und obwohl sie von Montag bis Freitag tagsüber nicht mehr an meiner Seite weilte.

Jene Gegebenheit spiegelte einen Weg wider, der einfach unausweichlich war und den schon viele Menschen vor uns gegangen sind. Beileibe, diese Situation machte mich nicht vollends glücklich, beruhigend war sie jedoch allemal. Und wenn ich am Abend, nachdem Ida zu mir zurückgebracht wurde, mit ihr vor dem Schlafengehen darüber sprach, waren wir uns einig, dass es gut sei, wie es war. Schließlich war Ida ja nicht dumm, nur eben etwas sprachärmer und eingeschränkter in ihrer physischen und psychischen Handlungsabfolge.

Und schließlich kam es sogar so, dass es an den Wochenenden wieder fast wie früher war. Dann saßen wir bei schönem Wetter draußen auf der Veranda, bei Kaffee und Kuchen, schauten am Abend gemeinsam die Nachrichten und spielten die ein oder andere Partie »Mensch ärger Dich nicht«. Selbst unser sonntägliches Bingospielritual lebte wieder neu auf. Auch Maltes Sonntagsbrötchen kehrten elegant und hochmotiviert auf unseren Frühstückstisch zurück. Dies war der Luxus, den wir uns hin und wieder gönnten, sehr bescheiden, aber glückselig. Gelegentlich gingen wir auch wieder ein Stück Spazieren, so gut es irgendwie ging. Ida bekam eine eigene Gehhilfe zur Verfügung gestellt, einen Rollator, mit dem sie unter Anleitung einer Begleitperson ein paar Meter mehr zurücklegen konnte. Ihre rechte Hand hatte genügend Funktionalität erlangt, um den Rollator greifen zu können. An den Wochenenden war ich diese Begleitperson, und meist schafften wir es, einmal die Straße hoch und wieder zurück zu gehen. Innerlich empfand ich nach solchen Spaziergängen großes Glück, denn früher, als wir noch gut zu Fuß unterwegs waren, da genossen wir unsere Abendspaziergänge, ganz egal welches Wetter uns vor der Tür erwartete. Ida meine immer: »Emil, es gibt kein schlechtes Wetter, nur unpassende Kleidung.«

Und sie hatte absolut recht. Ob Regen, Schnee, Wind oder zu viel Sonne, nichts hielt uns davon ab. Mit angepasster Bekleidung erfreuten wir uns an unseren altbewährten Spaziergängen. Und auch wenn die Dauer und der Umfang unserer Spaziergänge nur begrenzt waren, gemeinsam eroberten wir uns ein weiteres Stück Lebensqualität zurück. Ein beinahe unbeschreibliches und schönes Gefühl.

Kapitel 5

Ein Haus und Billy

Unser kleines Häuschen lag inmitten einer Wohnsiedlung, die sich aufgereiht entlang einer langen Straße befand. Es war eine sehr ruhige Gegend, denn größtenteils wohnten Leute unseres Alters in der Nachbarschaft.

Nicht, dass das heißen soll, ältere Menschen wären ruhiger, doch hier bei uns, da gab es oftmals nur das Gezirpe der Grillen am Abend und einen weitreichenden Vogelgesang am Morgen zu vernehmen.

Vielleicht, oder gerade deshalb, sind wir schon so viele Jahre in dieser Straße wohnhaft. Eine großzügig ausgedehnte Baumallee behütete unsere Straße, die geradewegs zum Horizont führte. In der Ferne erkannte man die Dächer der Stadt, die dennoch, obwohl gelegentlich gut sichtbar, nicht in unmittelbarer Nähe lag.

Für mich war dieses Gefühl enorm beruhigend, nicht dem Lärm der Stadt ausgesetzt

zu sein, denn wir entschieden uns schon früh-
zeitig für ein Leben außerhalb der Stadt. Schon
kurz nach unserer Hochzeit fanden wir hier unser Glück. Eine Cousine meiner Mutter verkaufte damals ihr Häuschen, um ihr eigenes
Glück anderweitig zu suchen. Durch etwas Ge-
schick und Zufall wurde es alsbald unser neues
Zuhause, fernab von tönendem Lärm, grauen
Fassaden und grenzenloser Hektik.

Seither hat sich hier nicht viel verändert,
die Menschen sind größtenteils geblieben. Sie
sind lediglich älter, teilweise scheuer und skepti-
scher gegenüber Veränderungen und Neuem
geworden. Das heißt jedoch nicht, dass sie ver-
bittert waren, nur zufrieden mit dem, was sie
besaßen, und mit dem, was ihr Glück definierte.

Für die einen war es das gut erhaltene
Auto, das ohne Weiteres als tauglicher Oldti-
mer durchgegangen wäre, für die anderen war
es ein Leben ohne TV-Gerät oder das Telefonieren mit einem kabelgebundenen Telefon.
Für Ida und mich war es das Leben in dieser

Straße, in unserem Häuschen, mit unseren Ritualen.

Sieben Häuser weiter wohnte Billy,
mein bester Freund. Er war damals der Erste,
der uns in unserem neuen Häuschen willkommen hieß und alsbald mithalf, das sichtlich in
die Jahre gekommene Dach zu reparieren.

Aus Billys Hilfsbereitschaft entwickelte
sich schnell eine sehr enge Freundschaft, die
sich bis heute bewährte.

Billy gehörte gewissermaßen schon zur
Familie, und seit vielen Jahren verband uns
eine Leidenschaft, das Dartspiel. Ida schaute
dem Ganzen immer ein wenig skeptisch entge-
gen, da unsere freitäglichen Dartspielrunden in
unserer Garage meist bis in die frühen Morgen-
stunden gingen und nur sehr schwer ein Ende
fanden. Doch mehr als ein »Na, wie lange ging
es dieses Mal?« war von Ida am nächsten Tag
meist nicht zu vernehmen.

Denn es kam nicht selten vor, dass der
Inhalt einer prächtigen Flasche Whiskey in unseren Kehlen verschwand und die eine oder an-

dere Zigarre geraucht wurde, während aus der Jukebox alte, uns sehr vertraute Melodien ertönten.

Diese alte Jukebox hatte ich einmal in der Stadt auf einem Flohmarkt erworben. Sie gefiel mir ganz gut, und während Musik aus ihr erklang, leuchtete sie obendrein in bunten Farben. Als ich sie erwarb, war sie ein wenig reparaturbedürftig, aber das bekam ich relativ problemlos hin, und seither war sie unser Begleiter, an jedem Freitagabend.

Ida akzeptierte mein Hobby – und die Freundschaft zu Billy sowieso. Schließlich war er immer für uns da, wenn wir ihn brauchten. Er lebte seit vielen Jahren allein, und neben zwei gescheiterten Ehen reihte sich noch die eine oder andere unglücklich geführte Beziehung ein. Irgendwann jedoch hatte er sein Alleinsein akzeptiert und fuhr, wie ich fand, ganz gut damit. Er müsse sich vor niemandem mehr rechtfertigen, sagte er immer. Er selbst würde sich wohl als »Lebemann« betiteln lassen – und gewissermaßen war er genau das.

Er lebte sein Leben, so wie wir unseres lebten, und irgendwie passte es auch zu Billys Gesamtsituation. Seine Familie war nicht unbedingt das, was man unter »Familie« auch verstand. Seine Eltern ließen sich nach zwei Ehejahren scheiden, da war Billy gerade mal sieben. Auch das Band der Geschwisterliebe war alles andere als fest und lieblich. Seine Schwester sah er zwei bis drei Mal im Jahr, seinen Bruder nicht unweit mehr.

Familientreffen waren demnach eine Art notwendiges Übel, und der eine fluchte stets über den anderen, lästerte ausgiebig oder ein Hauch von Neid flatterte über den Küchentisch. Sämtliche mitunter erzwungenen Familienfeste gingen meist mit Streitigkeiten einher, und man schwor sich, sich zeitlebens aus dem Weg zu gehen.

Billy versuchte dennoch und so gut es ging, die Familie zusammenzuhalten. Von Jahr zu Jahr jedoch wurden die teils garstigen Charaktere noch garstiger und die Möglichkeit auf Besserung aussichtsloser. So ging das viele, viele Jahre, doch Billys Kindheit und sein Familienleben spiegelte gewiss keinen Einzelfall wider. Traurig ist es in jedem Falle.

Demnach freute es mich umso mehr, ihn in meiner kleinen Familie begrüßen zu dürfen, und es spendete mir ein wenig Trost, dass er, vielleicht auch etwas spät, doch noch ein wenig Familieglück empfinden durfte.

Für mich war dieses freitägliche Dartspielen ein wichtiger Bestandteil meines Lebens, und es ging mir dabei weniger um das Spielen an sich. Die Gemütlichkeit, das Beisammensein mit einem guten Freund, das war ein Gefühl und ein Ritual zugleich, welches ich nicht missen wollte, und zugleich hielt es mich witzigerweise jung. Ich mochte meine Kreuzworträtsel oder das Bingospiel, aber ein Garagenabend mit Billy war eben auch etwas Besonderes.

Ida hingegen liebte das Nähen. Während ich freitags meinem Hobby nachging, ging sie ihrem nach. Meist nähte sie neue Kleidung für Emma. Sie fand es niedlich und teilweise auch amüsant, kleine Häubchen oder Pullover zu nähen, und natürlich musste Emma auch jedes neue Stück Probe tragen, was ihr nicht immer gefiel. Doch da musste sie durch.

Es sprach sich recht schnell herum, dass Idas Näh- und Strickwerke eine echte Augenweide waren. Folglich wurde irgendwann die komplette Ortschaft mit Idas Strickwaren ausgestattet.

Mitunter schickte sie auch kleine Pakete mit gestrickten und genähten Dingen ins Kinderheim der Stadt, das sich daraufhin immer mit einem Blumenstrauß samt Grußwort bei ihr bedankte.

Einmal wurde Ida sogar von der Leiterin des Kinderheimes eingeladen, doch eine schwere Bronchitis machte ihr zu dieser Zeit zu schaffen, sodass sie der Einladung leider nicht nachkommen konnte. Als sie wieder obenauf war, bedankte sie sich in einem ausfürlichen-Brief für die Einladung und versprach, zu einem späteren Zeitpunkt einmal vorbeizuschauen.

Das jedoch war vor dem Schlaganfall. Wie Sie nun wissen, hatte sich Idas Gesundheitszustand in der letzten Zeit zwar wieder stabilisiert, doch an Näh- oder Strickarbeiten traute sie sich nicht mehr heran. Auch wenn es ihr sichtlich in den Händen juckte, hatte sie den Mut verloren, sich an ihre Nähmaschine zu setzen. Und so sehr ich es mir gewünscht hatte, sie war nicht zu überreden.

Seit ihrer Ankunft aus der Reha blieb das Nähmaschinenpedal unberührt. Ich hörte sie manchmal leise mit sich selbst reden, und aus ihrem Mund war immer wieder ein »Versuch es, versuch es!« zu hören. Und auch am Abend, wenn wir uns zum Schlafen ins Bett legten, tuschelte sie hin und wieder etwas über das Nähen, und ich spürte, dass sie mit ihrer Mutlosigkeit in Bezug auf das Nähen komplett und völlig unzufrieden war.

Deshalb versuchte ich auch, gut auf sie einzuwirken, ihr Mut zuzusprechen, doch es half alles nichts. Die nähende und strickende Ida gab es nicht mehr.

Doch wo sich eine Tür schließt, öffnet sich eine andere. Und so kam es, dass Ida anfing zu zeichnen. Sie brachte oft selbst gezeichnete Bilder mit nach Hause, die sie in der Tagespflege gefertigt hatte, und ich freute mich darüber, wie sie sich über ihre Werke freute.

Und zugegeben, soweit ich das beurteilen konnte, hatte sie durchaus Talent. Von einer Mitarbeiterin der Tagespflege bekam ich den Tipp, Ida eine Staffelei zu schenken, und das tat ich.

Und nicht nur das: Ich packte sogar einen adretten und höhenverstellbaren Malhocker und Leinwände mit oben drauf. Ich richtete ihr daheim ein Zimmer ein, in dem sie ohne Schwierigkeit zeichnen konnte, und es gefiel ihr. Eine Kunst ersetzte somit eine andere.

Kapitel 6

Wo ist die Garage?

Unsere Situation entspannte sich, und die Entspannung hielt an. Meine Euphorie auf einen unbekümmerten Lebensabend mit Ida kehrte in mir zurück, und ich mochte mir wieder vorstellen, wie schön alles werden könnte, auch wenn es einige Umstellungen in unserem Alltag gab.

Doch bei all der aufkommenden Euphorie und bei all den Fortschritten merkte ich, dass irgendetwas fehlte.

Lange Zeit nahm ich es nicht bewusst war, hatten doch andere Dinge eine wahrlich höhere Priorität. Doch mit der Zeit vernahm ich ein Gefühl, das mich wahrnehmen ließ, dass etwas fehlte – Billy. Unsere Freitagabende in unserer Garage hinterm Haus, das Dartspiel, der Whiskey, die Zigarren, die Unbeschwertheit, das Zusammensein mit einem alten Freund, ja, es fehlte mir.

Nie hatte ich mit Billy in den letzten drei Jahren darüber offen gesprochen. Es war wohl eine Art ungeschriebenes Gesetz, dass Dartabende vorerst tabu waren, und er hatte zu jeder Zeit Verständnis für unsere Situation und hielt sich daher dezent zurück. Doch warum eigentlich?

Hätte ein klein wenig Ablenkung nicht gerade gutgetan? Besonders in der anfänglich schweren Zeit, bevor Ida täglich die Tagespflege in Anspruch nahm?

Doch wie hätte ich das angestellt? Hätte ich Ida mit in die Garage nehmen sollen, während Billy und ich hunderte Dartpfeile in Richtung Dartscheibe warfen?

Nein, ein eher sonderbarer Gedanke. Es war zu jener Zeit einfach kein Platz für unser einst freundschaftliches Ritual an all den Freitagen. Deshalb blieb dieses Thema zu jener Zeit verborgen und wurde nicht einmal angedeutet.

Stattdessen half uns Billy, wo er nur helfen konnte. Er bot seine Hilfe wieder und immer wieder an, und ich war froh, dass ich auf ihn zurückgreifen konnte. Im Gegensatz zu mir fuhr Billy nämlich noch mit einem Pkw durch die Gegend, und so konnte ich ihn als Einkaufchauffeur gewinnen, was vieles erleichterte.

Auf der anderen Seite hatten seine Dienste noch eine weitere positive Eigenschaft, denn so sahen wir uns auch ohne unsere freitäglichen Dartabende regelmäßig, obgleich das Gefühl ein anderes war. Doch verloren wir uns so zumindest nie aus den Augen, und das war etwas, was unsere Freundschaft am Leben hielt, auch in dieser anfänglich schwierigen Zeit.

Es dauerte schließlich mehr als drei Jahre, ehe unser Dartritual allmählich wieder aufkeimte und zu neuem Leben erwachte. Aufgrund der Tatsache, dass Idas Nachtaktivitäten verschwanden und sie am Abend regelmäßig um 20 Uhr friedlich einschlief, fand ich eine Möglichkeit, die Freitagabende wieder wie früher zu gestalten und neu aufleben zu lassen.

Jeden Donnerstagvormittag fuhr Billy mit mir ins städtische Einkaufcenter, um den Wocheneinkauf für Ida und mich zu realisieren, während Ida in der Tagespflege betreut wurde. Bei einem unserer Einkäufe machte ich eine großartige Entdeckung, und die einleuchtende Idee schoss mir wie ein Blitz durchs Gemüt. Was, wenn ich Ida im Auge behalten konnte, auch ohne direkt bei ihr zu sein, während sie schlief?

Ich fand durch Zufall in der Elektronikabteilung eine Möglichkeit, die mich innerlich jubilieren ließ: ein digitales Video-Babyphone. Ich gebe zu, es war eine wirklich tolle Neuzeiterfindung und zeigt, dass auch alte Menschen so manch neuer Erfindung offen gegenüber stehen sollten.

Das mag im ersten Moment verwirrend klingen, doch im zweiten Moment war es genau die Alternative, die ich brauchte. Es gab mir die Möglichkeit, Ida im Schlaf zu hören und zu sehen und gleichzeitig mit Billy in der Garage ein paar Dartpfeile zu werfen.

Es war genial. Ein zweiteiliges digitales Video-Babyphone mit Eltern- und Babyeinheit, sozusagen mit Emil- und Idaeinheit. Ich zweck-

entfremdete das für Babys und Eltern ange-
dachte Hilfsgerät. Die Idaeinheit war die Kame-
ra, die ich so montierte, dass sie Ida nicht auffiel, ich aber dennoch einen guten Blick auf sie
werfen konnte. Die mobile Elterneinheit, die
Emileinheit demnach, das Display, nahm ich
mit in die Garage, und so konnte ich beruhigt
mit Billy unser langjähriges Ritual neu aufleben
lassen, anfangs aller zwei Wochen, dann wieder
wöchentlich, immer freitags. Es war perfekt.

Eines muss ich jedoch sagen, ich erzählte Ida nichts davon, ich wollte sie nicht beunru-
higen. Denn ich weiß nicht, ob sie es gutgehei-
ßen hätte. Dieses kleine Geheimnis behielt ich
für mich, und es kehrte ein weiteres Stück Lebensqualität zu uns zurück.

Denn aufgrund der Tatsache, dass sich
die Freundschaft mit Billy nun wieder so richtig
wie früher anfühlte, wurde auch ich nun noch
ausgeglichener und entspannter und diese Ausgeglichenheit und Entspanntheit übertrug sich
auch auf Ida. Wir lachten viel, auch über Dinge, die sicherlich nicht jeder komisch gefunden

hätte. Mal wegen einem meiner lauten Pupse auf der Toilette, die Ida sogar hörte, während sie auf der Veranda mit Emma im Schaukelstuhl saß, ein anderes Mal, weil ich Ida am Morgen weckte, mir aber nicht auffiel, dass sich mein Gebiss noch nicht in meinem Mundraum befand. Wenn ich dann anfing zu sprechen, klang das in etwa so, als würde eine Qualle versuchen, Flöte zu spielen. Ida fing dann immer laut an zu lachen, und ich lachte natürlich mit.

Die Leichtigkeit war demnach wieder zurückgekehrt, auch wenn nicht immer alles Gold war, was glänzte.

Doch wir hatten wieder unsere Abläufe, neue und alte Rituale, und die Lebendigkeit unserer Liebe zueinander war ungebrochen. Früher gingen wir beide zur Arbeit und sahen uns tagsüber nicht, nun war es ähnlich, nur dass jeder einen neuen Ablauf besaß. Am Abend jedoch freuten wir uns, beieinander zu sein, und Billy sagte einmal zu mir, dass er mehr und mehr merkte, wie gut uns die eine oder ander Entscheidung tun würde, auch, wenn sie anfangs vielleicht nicht leichtfiel.

Ich gab ihm da ganz und gar recht, und ich weiß, dass auch Ida dem zustimmte. Auch wenn ihre Sprache nur sehr leise und nicht immer in vollen Sätzen zu vernehmen war, die Kommunikation funktionierte dann doch irgendwie immer.

Kapitel 7

Morgengymnastik und Katzentoilette

In unserem Haushalt, den ich nun zu großen Teilen allein führte, fiel so einiges an. Ich musste mir meine Kräfte demnach gut einteilen, damit ich mich nicht übernahm. Früher waren Staubsaugen, Mäharbeiten, Müllentsorgung und diverse andere Haushaltsaufgaben nicht unbedingt ein Problem für uns, doch im Alter, so ist es nun einmal, fällt der ein oder andere Handgriff etwas mühseliger aus.

Ich legte mir schnell einen Plan zurecht, in dem ich detailliert meine Wochenplanung festhielt. Vielleicht wäre es auch einfacher gewesen, eine Reinigungskraft zu engagieren, die sämtlich Arbeiten im Haus erledigt hätte, doch wie der Mensch nun eben so ist, er macht so lange weiter, bis es nicht mehr geht. Und da es doch noch irgendwie ging, machte ich weiter. Ein kleines Schläfchen durfte jedoch nie fehlen. Auch meine zehnminütige Morgengymnastik schob ich immer in meinen Ablaufplan mit ein.

Ich benötigte einige fest verankerte Abläufe und Richtlinien, ohne dabei verkrampft nach ihnen zu leben. Denn das Gefühl zu haben, eine Aufgabe, eine Rolle im Leben zu erfüllen, ist eine wichtige Tatsache, die unsereins am Leben und somit lebendig hält. Nichts ist doch schlimmer als einfach nur so dahinzuvegetieren, oder?

Sobald Ida morgens vom Fahrservice des Abendglückes abgeholt wurde, trank ich eine zweite Tasse Kaffee auf der Veranda. Idas Schaukelstuhl war also auch für mich von gutem Nutzen, und bequem war er obendrein. Emma nutze meinen Verandaaufenthalt für zwei bis drei obligatorische Runden um unseren Pflaumenbaum, um dann wieder nach drinnen zu gehen und sich zufrieden auf ihre eigens von Ida für sie gestrickte Decke auf dem Küchenfenster zu legen. Gleich im Anschluss ging mein Gang auf die Toilette, und nähere Beschreibungen erspare ich Ihnen natürlich, denn ich glaube, Sie wissen, wie das läuft, wenn der Kaffee treibt.

Nach Beendigung meines Toilettenganges ging ich in die Küche, um Emmas Frühstück anzurichten, und sobald ich ihr Schüsselchen berührte, spitzten sich ihre Ohren und ein dezentes »Miau« verdeutlichte mir, dass sie damit einverstanden war und ihre Nahrungsaufnahme gern beginnen mochte.

Hatte ich auch diese Handlung abgeschlossen, warf ich einen Blick auf meinen Wochenplan, um meine Tagesaufgabe anzugehen und um anschließend noch mein tägliches, zehn-minütiges Gymnastikprogramm zu absolvieren. Ich kam dabei nicht ins Schwitzen, es waren eher Flexibilitäts- und Bewegungsübungen, für sämtliche Gelenke meines Körpers.

Die Übungen hatte ich mir aus den unzähligen Sendungen im TV abgeschaut, in denen Frauen und Männer in sehr bunten Jogginganzügen einige gymnastische Übungen fabrizierten. So entstand mein zehnminütiges Stingelsches Bewegungsprogramm.

Dank der enormen Bandbreite unzähliger Übungen, suchte ich mir eine handvoll davon aus, die mir zum einen gut gefielen und zum anderen weiterhalfen, meinen Alltag zu bewältigen.

Haushaltsplan-Tagesaufgabe Emil Stingel:

Montag:

Bettbezüge samt Laken wechseln, Fensterputzen Obergeschoss, Katzentoilette reinigen

Dienstag:

Staubsaugen Obergeschoss, Fensterputzen Untergeschoss

Mittwoch:

Staubsaugen Untergeschoss, Wäsche waschen, Katzentoilette reinigen

Donnerstag:

Wocheneinkauf mit Billy, diverse Gartenarbeit

Freitag:

Wischen Obergeschoss und Untergeschoss, diverse Gartenarbeit, Katzentoilette reinigen

Meist beendete ich gegen 11:30 Uhr meine Haupttagesaufgabe, und ich konnte gedanklich einen Haken dahinter setzen. Zusätzlich zu meiner Haupttagesaufgabe und neben meinen morgendlichen Abläufen kamen natürlich alle kleineren Arbeiten des Alltages hinzu, mal mehr, mal weniger. Beispielsweise das Geschirr abspülen und abtrocknen, Betten herrichten, Stoßlüften im Schlafzimmer und viele andere Dinge. Ich hatte einen Plan, und das gefiel mir sehr gut. So fühlte ich mich gebraucht und nützlich, und obendrein hielt es mich lebendig.

Das Mittagessen bereitete ich mir täglich selbst zu, teilweise kochte ich sogar schon für zwei, drei Tage vor. Den Gedanken an Fertigprodukte wollte ich nie verschwenden, denn für mich war ein gutes Mittagessen auch ein Stück Lebensqualität. Solange ich noch Herr meiner

Sinne war und mich in der Lage fühlte, mir mein Essen selbst zuzubereiten, solange wollte ich auch darauf zurückgreifen und nicht nach Ausreden suchen. Denn wenn der Mensch etwas ganz hervorragend beherrscht, dann ist es nach Ausreden zu suchen.

Also wehrte ich mich in regelmäßigen Abständen gegen meinen inneren Schweinehund, der das eine oder andere Mal an die Tür klopfte. Doch ich wollte dem Akt der Bequemlichkeit und Faulheit nicht nachkommen, und verirrte sich doch mal ein Milchreisetütchen mit pulverisiertem Inhalt in meinen Einkaufswagen, so war es spätestens an der Kasse wieder daraus entfernt.

Vielleicht nahm es hin und wieder etwas mehr Zeit in Anspruch, sich eine eigene Mahlzeit zuzubereiten, doch wenn ich etwas besaß, dann doch irgendwie Zeit.

Ich schälte demnach lieber Kartoffeln, Gemüse und Co., statt schlabbrige Eintöpfe und versalzene Suppen umzurühren, und ich tat gut daran. Denn wer den inneren Schweinehund einmal zur Tür hineingelassen hat, der bekommt ihn so schnell nicht wieder hinaus. Hartnäckig wie er sein kann, lenkte er schon so manches Leben in eine nicht ganz so vorteilhafte Richtung. So ließ ich ihn draußen.

Kapitel 8

Ein Schläfchen mehr ist keines zu viel

Als ich vor ein paar Wochen zur Kontrolluntersuchung bei meinem Hausarzt war,
konnte ich recht zufrieden wieder nach Hause
fahren. Er bescheinigte mir einen guten Allge-
meinzustand, eben altersentsprechend. Er gab
mir dennoch zu verstehen, dass ich hin und
wieder ein Päuschen mehr einlegen sollte und
dennoch acht auf mich geben müsse. Das tat
ich, und ich nutze bereits die Rückfahrt im Bus,
um innerlich ganz bei mir zu sein.

Ich ließ mich sehr gern mit dem Bus
von A nach B chauffieren; seitdem ich nicht
mehr selbst mit dem Auto unterwegs war, genoss ich das regelrecht. Von unserem Haus zu
meinem Hausarzt betrug die Fahrtzeit in etwa
dreißig Minuten, und ich liebte es, während der
Fahrt aus dem Fenster zu schauen und das
Treiben der Welt zu betrachten. Wann immer
es also ging, ergatterte ich mir im Bus einen

Fensterplatz. Meist lief das Ganze problemlos ab, denn von unserer Ortschaft in die Stadt fuhren nur wenige Menschen. Erst nach und nach stieg die eine oder andere Person hinzu, und je näher die Stadt kam, umso mehr Personen stiegen ein. Auf der Rückfahrt war das ganze Unterfangen dann meist schwieriger, aber ich hatte dennoch meistens Glück, einen Fensterplatz zu erhaschen.

Was den Rat meines Hausarztes betraf, so wollte ich diesen auch gern beherzigen, und demnach ließ ich mir mein tägliches Mittagsschläfchen nach dem Mittagessen nie nehmen. Auch Emma schien darüber mehr als erfreut, denn während ich es mir auf der Couch bequem machte, ließ auch sie sich kontinuierlich auf dieses Ritual ein und leistete mir Gesellschaft. Nach unserem Schläfchen ging ich beinahe täglich ein wenig spazieren, denn bis Ida wieder nach Haus kam, hatte ich für gewöhnlich noch ein großzügiges Zeitfenster.

Wie bereits erwähnt, war es mir aufgrund der nunmehr gegebenen Tatsachen wieder möglich, Stück für Stück zu mir selbst zu finden und innerlich zufrieden zu sein. Wenn Ida dann gegen 16:30 Uhr von der Tagesbetreuung heimkehrte, fühlte ich mich ausgeglichen und gewissermaßen entspannt. Und das übertrug sich auch auf Ida, obwohl sie meist doch sehr geschafft war, so gab sie mir zu verstehen, dass es gut sei, wie es war.

Das Abendbrot bereitete ich in Ruhe vor, und wir aßen gemeinsam am Küchentisch. Gegen 18.30 Uhr erschien Frau Tönsen vom Pflegedienst und unsere Abläufe waren gut abgestimmt. Nachdem Ida sich nach dem Essen mit Frau Tönsen im Bad für die Nacht vorbereitete, ließ ich das Radio in der Küche noch ein wenig laufen. Ich erhöhte ein wenig die Lautstärke und es hallten sehr vertraute, klassische Melodien durch unser Haus.

Ida und ich liebten diese klassischen Melodien, und besonders am Abend legten sie einen friedvollen Schleier um uns. Sobald Ida von Frau Tönsen ins Bett gebracht wurde, machte auch ich mich für die Nacht fertig, um

dann gemeinesam mit Ida gegen 20 Uhr einzu-
schlafen, auch ohne Glöckchenarmband und
Bademantelschlaufe. Meist unterhielten wir uns
noch ein wenig im Schein der Nachttischlampe,
machten Scherze und gaben uns zu verstehen,
dass wir aus allem das Beste gemacht hätten.
Bevor ich das Licht ausmachte, gab ich Ida
noch einen Kuss. Auch das war eines unserer
kleinen Alltagsrituale, welches ich sehr zu schätzen lernte.

Kapitel 9

Noch einmal wie früher

Jeden Donnerstag war ja bekanntermaßen Einkaufstag im Hause Stingel. Dank Billy wurde diese Aufgabe auch Woche für Woche gemeistert. Hin und wieder war ein Pkw doch schon sehr von Vorteil. Allein wäre es für mich schwierig gewesen, den Einkauf für Ida und mich vom Supermarkt nach Hause zu transportieren. Doch darüber musste ich mir zum Glück keine Gedanken mehr machen, eben dank Billy.

Mittlerweile wusste er es auch zu verstehen, pünktlich zu sein. Ich mochte pünktliche Menschen. Warum, kann ich nicht so recht sagen, aber es gefiel mir selbst, pünktlich zu sein und meine Mitmenschen nicht warten zu lassen. Ich empfand das immer als eine Form der Höflichkeit und des Respektes, ohne das Ganze überzubewerten. Eines Abends gab mir Ida vor dem Schlafengehen zu verstehen, dass sie es vermisst, gemeinsam mit mir zum Einkaufen zu gehen. Ich schaute ein wenig verdutzt, doch ich konnte es ihr gut nachfühlen, denn obwohl sie jetzt in guten Händen war, so bekam sie doch nur einen Bruchteil dessen mit, was bei uns daheim so ablief.

Ihr altes, gewohntes Umfeld, ihre Abläufe und Rituale, unsere Rituale – das alles fehlte ihr. Sicherlich arrangierten wir uns mit der gegebenen Situation, und wir machten das nicht einmal schlecht, doch ich konnte sie dennoch sehr gut verstehen.

Sie vermisste das »alte« Stingel-Dasein und so sehr wir uns auch bemühten, Normalität in unseren neuen Alltag zu bekommen, so sehr spürte ich, dass in Ida ein Verlangen nach der Vergangenheit aufkeimte.

Doch was blieb uns übrig? Außer diesem Weg der Akzeptanz und der Zuversicht, gab es nicht viele Möglichkeiten.

Also akzeptierten wir, wieder einmal.

Der Tatsache geschuldet, nicht im Selbstmitleid zu versinken, hatte ich eine Idee.

Warum sollte ich Ida nicht zum Einkaufen mitnehmen dürfen? Es sprach doch im Grunde genommen nichts dagegen. Natürlich, sie konnte keine weiten Strecken mehr gehen, benötigte hin und wieder eine Pause und konnte mir beim Tragen der Einkaufstüten nicht mehr helfen, doch auch hierfür gab es Lösungen.

Also beschloss ich, etwas zu unternehmen. Auch im Alter sollte man hin und wieder seinen kindlichen Gedanken freien Lauf und seine Kreativität spielen lassen. Ich suchte folglich nach einer Möglichkeit, gemeinsam mit Ida durch den Supermarkt zu »gehen«, ohne dabei völlig aus der Puste zu gelangen. Es brauchte ein paar Tage, bis ich zwischen all dem Ideenwirrwarr dann doch etwas Brauchbares in meinen Gedanken fand. Ich erinnerte mich an einen ebenfalls in die Jahre gekommenen Fahrradanhänger, der irgendwo in der Garage umherstehen musste. Ich machte Skizzen und formte vorerst gedanklich an der Umsetzung eines geeigneten Ida-Beförderungsmittels.

Sicherlich hätte ich mir einen handelsüblichen Rollstuhl aus der Tagespflege leihen können, doch ich fand Gefallen daran, etwas ausgefallener zu denken.

Nach und nach funktionierte ich den alten Fahrradanhänger so um, dass Ida bequem darin Platz nehmen konnte. Ich hatte so ziemlich an alles gedacht. Ein spezieller Sicherheitsgurt, eine weiche Sitzfläche, eine hohe geeignete Rückenlehne, rechts und links gepolsterte Abstützflächen für die Arme und eine leicht bedienbare, technikgestützte Oberkörperaufrichtungshilfe, waren für die Grundausstattung vorgesehen.

Ein bisschen Farbe hier und ein bisschen Farbe da, und nach zwei Wochen war die Umsetzung von der Skizze zum Produkt perfekt.

Wiederum stand mir Billy mit Rat und Tat zur Seite. – Und was noch viel wichtiger war: Er schenkte mir sein altes Fahrrad. Der Aufwand hatte sich gelohnt. Das Resultat ähnelte einer Seifenkiste, die problemlos den einen oder anderen Spitzenplatz abgeräumt hätte.

Und eines können Sie mir glauben, Billy und ich waren stolz auf dieses Gefährt. Es war perfekt, lila, aber perfekt. Ich konnte den umfunktionierten »Idaanhänger« problemlos mit dem Fahrrad und – was noch viel wichtiger war – mit einem Einkaufswagen koppeln. Das heißt, ich konnte den Anhänger vom Fahrrad abkoppeln und an einen Einkaufswagen ankoppeln. Eine speziell dafür vorgesehene Vorrichtung am Anhänger ermöglichte uns das. Und es war einfach genial. Als ich Ida das erste Mal davon erzählte, verdrehte sie ein wenig die Augen und gab mir unmissverständlich zu verstehen, dass es sich hierbei sicherlich um eine sinnfreie Schnapsidee handeln würde.

Doch als auch sie das Resultat sah, da konnte ich es in ihren Augen genau erkennen – Mut, Hoffnung und kindliche Vorfreude.

So kam es, dass Idas Einkaufstraum endlich wieder lebendig wurde, und fortan fuhren Ida und ich immer donnerstags gegen 17 Uhr gemeinsam zum Einkaufen, während Billy schon am Supermarkt auf uns wartete. Frau Tönsen erschien demzufolge jeden Donnerstag erst gegen 19.30 Uhr, an allen anderen Abläufen änderte sich nichts.

Ich möchte, dass Sie sich kurz ein Bild davon in Ihrem Kopf malen. Stellen Sie sich bitte drei in die Jahre gekommene Menschen beim Einkaufen vor.

Das Bild ist schnell und einfach gemalt. Sie sehen eine alte Dame, die in einem umgebauten Fahrradanhänger sitzt, welcher wiederum an einem Einkaufswagen gekoppelt ist, der von zwei älteren Herrschaften begleitet und fortbewegt wird und obendrein erblicken Sie eine Gemeinsamkeit – ein breites Lächeln im Gesicht aller drei Protagonisten.

Auch wenn wir hin und wieder den einen oder anderen seltsamen Blick unserer Mitmenschen ernteten, es war uns schlichtweg egal. Sie kannten unsere Geschichte nicht, und wurden wir doch einmal darauf angesprochen, so erzählten wir diese gern. Auch Billy schien das Ganze zu genießen, verbrachte er doch die

meiste Zeit allein daheim. Einzig die Einkaufstüten musste er uns noch nach Hause bringen,
denn dafür wäre im Idaanhänger kein Platz
mehr gewesen.

Sicherlich, wir hätten wieder etwas Neues entwickeln können, doch zunächst war es gut
so, wie es war.

Kapitel 10

Ein neues Fellkind?

Nicht nur Ida und ich waren in die Jahre gekommen, auch unser Fellkind Emma. Manchmal musste ich schon sehr genau hinhören, um ihren aktuellen Standort anhand ihres Glöckchens an ihrem Halsband orten zu können.

Sie besaß unzählige Lieblingsplätze im Haus, an denen sie sich geborgen und sicher fühlte, ganz egal ob unter der Couch, auf dem Wohnzimmerschrank oder auf dem Küchenfensterbrett. Und sollte ich sie mal gar nicht aufgefunden haben, so blieb mir immer noch der Futternapftrick. Ein sachtes Klopfen mit einer Gabel gegen ihren Futternapf reichte aus, um einer langen Suche durchs Haus vorzubeugen. Denn sobald ich die Gabel gegen den Napf tippte, kam sie samt klingelndem Glöckchen herbeigeeilt, in der Hoffnung, eine neue Speise würde sich ihr offenbaren. Ein leises

»Miau!« verdeutlichte ihre große Erwartung.

Seit Ida am Tage nicht mehr im Haus war, überlegten wir am Abend gemeinsam, ob es nicht besser wäre, auch für Emma einen neuen Mitbewohner zu organisieren. Wie Sie wissen, begleiteten uns Fellkinder ja ein Leben lang und da auch ich nun wieder tagsüber gut mit Aufgaben versorgt war, sollte auch Emma ein klein wenig Schwung in ihren Katzenalltag bekommen. Und das würde unserer Meinung nach am ehesten mit einer Spielgefährtin funktionieren.

Doch wollte Emma überhaupt eine Veränderung oder war es nur unser Begehren? Sonderlich unzufrieden schien sie ja eigentlich nicht, und vielleicht waren es nur Hirngespinste zweier alter Greise, die zum Wohle ihres Fellkindes agieren wollten. Somit blieb es vorerst bei Überlegungen und mitunter lustigen Vorstellungen, denn vielleicht gefiel es Emma ja auch genauso, wie es war, ruhig und besonnen.

Noch dazu dachten wir uns: Wenn es einmal mit uns vorbei wäre, wie würde es dann mit ihnen weitergehen? Das Ende der Stingels könnte aufgrund unseres Alters ohnehin jederzeit nahen, zwei Fellkinder allein zurückzulassen, lag nicht in unserem Interesse.

Dennoch hielten wir diese Idee immerzu fest, auch wenn wir sie nicht umsetzten. Für den Fall der Fälle, dass ein abruptes Ableben von Ida und mir doch irgendwann einmal eintreten würde, überredeten wir Billy, sich unserer Emma anzunehmen, auch wenn er anfangs dem Ganzen ein wenig skeptisch gegenüberstand. So hatte er doch sein Leben lang nicht sonderlich viel Glück mit den Frauen gehabt.

Doch er war unser engster Vertrauter, und auch Emma ließ sich auf ihn ein. Es schien uns daher die beste aller Varianten zu sein, doch wie erwähnt, nur für den Fall der Fälle.

So blieb es bei unserem gewohnten Familienbestand, und die Abläufe und Rituale verfestigten sich mehr und mehr, was aus unserer Sicht einen Zustand der inneren Ruhe definierte.

Kapitel 11

Ein gemeinsamer Traum

Vor vielen, wirklich vielen Jahren, als ich Ida auf einem Dorffest in einem der Nachbardörfer das erste Mal erblickte, da wollte ich nur eine Sache: den Rest meines Lebens mit dieser Frau verbringen.

Heutzutage mag das vielleicht altmodisch klingen, doch für mich war es exakt die Vorstellung vom Leben, die ich in meinen kindlichen Gedanken fest beherbergte.

Und als ich damals endlich den Mut gefunden hatte, ihr eine Fahrt mit dem Kettenkarussell zu spendieren, schien sich mir eine Welt zu offenbaren, die so viel Glück und Zufriedenheit mit sich brachte, wie ich es noch nie zuvor erlebt hatte.

Jahre später kann ich behaupten: Meine kindlichen Gedanken wurden erfüllt, auch und obwohl Freude und Leid oft nah beieinander liegen. Doch was wäre die Freude wert, wenn es sie nur alleine gäbe? Ida wollte immer die Welt erkunden, sie bereisen und sämtliche Kulturen kennenlernen. Sie träumte das Leben einer Weltenbummlerin.

Damals waren uns oftmals die Hände gebunden und die Möglichkeiten sehr begrenzt. Doch an den Wochenenden wanderten wir häufig in die Natur hinaus und genossen die Ruhe, weit weg vom Alltag der Woche.

Gern fuhren wir auch einfach mit dem Rad in die Natur hinaus, ohne jedoch ein Ziel auszugeben, soweit uns unsere Beine strampelten. Das war unser Gefühl von Freiheit.

Später lebten wir gemeinsam bescheiden in unserem Häuschen. Uns ging es ganz gut, und wir hatten keinen Grund zu klagen. Wir waren zufrieden mit dem, was wir besaßen.

Auch und obwohl vieles greifbar war: Am Ende siegte die Vernunft. Das heißt jedoch nicht, dass wir nicht träumten. Wir besaßen auch Wünsche, eine Vielzahl davon sogar. Doch wirken diese Wünsche in der heutigen Zeit eher bescheiden. Einen jedoch konnten wir uns nie erfüllen – ein Mal mit dem Fahrrad ans Meer zu fahren.

Mal fehlte uns das Geld, dann wieder die Zeit und ganz oft auch irgendwie der Mut, und immer kam irgendetwas dazwischen, und man sollte eigentlich meinen, dass mehr als achtzig Jahre ausreichen müssten, um sich solch einen schlichten Traum erfüllen zu können.

Doch auch die bescheidensten Wünsche bleiben manchmal unerfüllt, und das Meer sahen wir immer nur auf Postkarten oder im TV-Gerät.

Trost spendete uns unser kleiner Teich im Garten hinterm Haus. Von der Veranda aus besaßen wir unseren eigenen »Meeresblick«, wie ich gern zu sagen pflegte, und es beruhigte uns bei jedem Male und ließ den Wunsch nach einem wahrhaftigen Meerblick immerzu ein wenig in die Ferne schweifen. Doch so ganz verschwand er ehrlich gesagt nie. Wir hatten in gewisser Weise wieder einmal akzeptiert.

Kapitel 12

Viel frische Luft

Geburtstage waren für mich seit jeher Tage, die mir vor allem innerlich viel Freude bereiteten. Die innerliche Freude bezog sich weniger auf mein eigenes Geburtstagsempfinden, vielmehr auf jenes meiner Mitmenschen.

Schon immer war ich eher der Typ Mensch, der anderen gern eine Freude bereitete. Ich selbst wollte nie groß im Mittelpunkt stehen und versuchte, mich um meine eigenen Geburtstage eher grazil zu drücken. Doch nicht immer gelang es mir.

So wie ich anderen gern eine Freude oder Überraschung spendierte, so gab es auch Mitmenschen, die mir gern Freude schenkten oder mich überraschten. Auch das musste ich im Laufe der vielen Jahren ganz einfach akzeptieren, und ich dachte für mich, wenn sie sich freuten, so freute auch ich mich. Als Idas dreiundachtzigster Geburtstag bevorstand, überlegte ich mir im Vorfeld etwas Besonderes. Ich versuchte, mir jedes Jahr etwas Prägendes einfallen zu lassen, etwas, was ihr wieder und immer wieder ein Lächeln auf ihre Lippen zu zaubern vermochte und im Gedächtnis bleiben sollte. Dass dieses Unterfangen nach so vielen Jahren von Jahr zu Jahr schwieriger wurde, können Sie sicherlich sehr gut nachvollziehen. Doch es gelang mir, irgendwie. Es ging mir nicht darum, mich selbst Jahr für Jahr zu übertreffen, nur besonders sollte es sein.

Ich spreche jedoch nicht von Weltreisen oder teuren Geschenken wie Golduhren oder Geschmeide, nein, ich spreche von Dingen, die dem Herzen näher sind als dem Geldbeutel. Dinge, die sich nicht jeder leisten könnte, ganz egal, wie prall gefüllt das Portemonnaie auch schien, Dinge, die weit entfernt von Habgier, Hast und Neid entstanden.

So kam es, dass ich ihren dreiundachtzigsten Geburtstag auf unsere eigene Weise feierte. Die Ärzte empfahlen uns etwas Ruhiges, gepaart mit viel frischer Luft. Diesem Vorschlag kam ich sehr gern nach, und in etwa so sollte es auch werden. Ich befolgte den Rat der Ärzte und kümmerte mich eifrig darum.

Sicherlich haben Sie schon einmal etwas von einer Rikscha gehört. Das sind in der Regel zweirädrige Wägen, die beispielsweise mittels eines Fahrrades der Beförderung von Personen dienen. In der Tageszeitung fand ich ein Unternehmen aus der Stadt, welches jene Rikscha-Fahrten zu humanen Preisen anbot, und da Ida und ich selbst keine gemeinsamen Radtouren mehr unternehmen konnten, schien eine solche Fahrt mehr als geeignet.

Demnach macht ich das Ganze zeitnah dingfest, und ich mietete uns eine solche Rikscha-Fahrt, natürlich ohne Idas Wissen. Das Preis-Leistungs-Verhältnis hielt sich in einer vorbildlichen Waage, sodass einer wahrhaftigen Überraschung nichts mehr im Wege stand. Die Buchung und die individuellen Absprachen verliefen problemlos. Selbst die Route konnte ich frei bestimmen, was mich wirklich sehr erfreute. Denn oftmals war es ja so, dass Ausflugsziele bereits vorgegeben wurden. Nicht jedoch in diesem Falle, und vielleicht hatte das besonnene Gerede eines alten Greises ja auch eine gewisse Wirkung auf ein gut geführtes Unternehmen bei der Wahl der Route. Ein klein wenig Verhandlungsgeschick besaß ich schon immer.

Meine Gedanken waren demnach geordnet, und ein Picknick hatte ich ebenfalls eingeplant. Es sollte ein unvergesslicher Tag werden, und ich darf Ihnen mitteilen: Er wurde unvergessen.

Ich kann mich noch gut an das Funkeln in Idas Augen während unserer vierstündigen Fahrt erinnern. Der Fahrer der Rikscha machte einen guten Job, und das Wetter spielte uns ganz prächtig in die Karten.

Es war fast wie damals: die Natur, die frische Luft, das Picknick, die beinahe Zweisamkeit und die Freiheit. Wenngleich sich auch die Umstände ein wenig geändert hatten und wir uns nicht wie damals schmusend im Gras unbeobachtet wälzen konnten, blieb jener Tag doch unvergessen.

Und als wir so dahinfuhren und Ida ihren Kopf an meine Schulter lehnte, während ich den Arm um sie legte, da überkam mich ein wunderbares Gefühl von Geborgenheit und Glück, ein Gefühl, das sich nur schwer beschreiben lässt.

Die schwierige Zeit, die wir durchlebten, besonders in den letzten Jahren, schien für einige Momente wie weggeweht, als hätte es sie nie gegeben. Mich durchzog ein Gefühl der grenzenlosen Nähe, ein Gefühl der Akzeptanz und des Angekommenseins. Wir schlossen die Augen und genossen die Fahrt, spürten den Wind, der uns um die Ohren wehte, und fühlten das Kribbeln im Bauch, wie damals, auf dem Kettenkarussell. Für ein paar Augenblicke schien die Welt um uns herum stehen zu bleiben. Ich möchte Ihnen sagen, dass mich dieser Moment berührend begleiten wird, solange ich lebe.

Kapitel 13

Ein Friseurbesuch alle zwei Wochen

Seitdem ich mich im Ruhestand befand, genoss ich es, alle zwei Wochen zum Friseur zu gehen. Jeden zweiten Freitag fuhr ich gegen 9 Uhr mit dem Bus in die Stadt, um gegen 10 Uhr vor Ort zu sein, bei Egon, dem Friseur meines Vertrauens.

Er besaß einen kleinen Salon, den er vor Jahren von seinen Eltern übernommen hatte, und in dem er schon als kleiner Junge immer aushalf. Als seine Eltern verstarben, übernahm er den Familienbetrieb und beglückt seither über viele Jahre hinweg seine Gäste.

Und auch ich kam sehr gern hierher, und ich kann Ihnen auch genau erklären weshalb, denn nirgends war der Kontrast der heutigen Zeit für mich so enorm wie hier.

Ein Ort, an dem die geballte Schnelllebigkeit der Stadt vor der Tür blieb, ein Ort, an dem Geduld und Ausgeglichenheit Einkehr hielten. Sobald ich den Friseursalon betrat und die Tür hinter mir schloss, verschwand der Lärm der Stadt, als hätte jemand den Lautstärkeregler auf Minimum gedreht. Es war eine ganz eigenartige und besondere Atmosphäre in diesem Salon, weit weg von Hast und Gier.

Egon war ein Friseur mit dieser gewissen Leidenschaft, und es kam daher nicht von ungefähr, dass er über die Jahre hinweg zu einem guten Freund wurde.

Auch er befand sich eigentlich schon im Ruhestand, zumindest, was das Alter betraf, doch er konnte nie so richtig loslassen. Er lebte für seinen kleinen Salon, er lebte für seine Gäste, und sein Beruf war seine Berufung und bildete eine tadellose Symbiose. Es machte ihn ganz und gar glücklich, und auf die Frage, warum er sich nicht schon zur Ruhe gesetzt hatte, gab er dann immer nur ein »Das würde ich nicht überleben.« zurück.

Manchmal sprach er auch von einer viel zu geringen Rente und dass es durchaus traurig sei, viele Jahre hart gearbeitet zu haben, um dann zu sehen, was unterm Strich dabei herauskam.

»Wenn ich hier umfalle, dann ist das eben so. Aber lieber so als anders.«

Mittlerweile war er Mitte siebzig, doch an Euphorie und Enthusiasmus mangelte es ihm dennoch nicht. Einzig die Hände schliefen ihm gelegentlich ein, und der Rücken würde ein wenig »mucken«, doch das lächelte er weg, und schließlich wäre er daheim ohnehin allein.

Manchmal ließ er montags den Salon geschlossen, um sich ein verlängertes Wochenende zu gönnen. Die Auszeiten müsse er sich nehmen, sprach er des Öfteren.

Etwa eine Stunde dauerte mein Aufenthalt im Salon, und neben Haarewaschen, Eiswasserkopfmassage, Haareschneiden und Haaretrocknen gab es immer wieder neue Dinge zu berichten.

Mitunter tat mir Egon dennoch ein wenig leid, oder zumindest fühlte ich mit ihm. Zum einen, weil er in seinem Alter noch immer arbeitete, zum anderen, weil er allein war.

Doch dann dachte ich mir wieder, ist doch egal, solange er glücklich war, was soll's.

Glück ist doch für jeden etwas Anderes. Glück ist eben vielfältig und erscheint in so vielen Facetten. Für mich waren es Dartabende mit Billy und ein langes Leben mit Ida, für Egon war es das Leben für und mit seiner Berufung, umgeben vom Lärm der Stadt, der in seinem Salon niemals Einkehr hielt.

Kapitel 14

Ein Anruf

Meine Ida starb an einem Dienstag. Ihr Herz hatte friedlich aufgehört zu schlagen. In einem Schaukelstuhl im Schatten der Mittagssonne sei sie aus einem Mittagsschläfchen nicht wieder erwacht. Der Sommer stand bevor.

Idas Tod wurde mir am Telefon von einem Mitarbeiter der Tagespflege mitgeteilt. Ich kann mich nur noch an Bruchstücke des Telefonates erinnern.

Als ich den Hörer weglegte, da überkam mich ein Gefühl der endlosen Leere. Ich ging hinaus auf die Veranda, nahm Emma in den Arm und setzte mich schweigend auf den Schaukelstuhl. Ich streichelte sie behutsam und ihr leises Schnurren überzeugte mich unweigerlich weiterzumachen. Ich war ganz bei mir, betrachtete den Pflaumenbaum im Garten und atmete ruhig. Nach und nach löste ich mich von der Gedankenlosigkeit. Trotz der Überlegungen, die ich mir seit vielen Jahren über das Leben und über den Tod gemacht hatte, trotz der Akzeptanz, die stetig in mir wuchs, wusste ich nun auf einmal nicht mehr, wo hinten und vorne war.

Waren wir nicht auf einem guten Weg? Schien nicht alles besser zu laufen? Und beileibe, hinten war hinten, und vorn war immer noch vorn, und ja, wir waren auf einem guten Weg, und ja, es lief alles besser. Doch was hieß das schon? Dass dieser Zeitpunkt kommen würde, wussten wir und doch, er war nie und zu keiner Zeit willkommen.

Noch Minuten später vernahm ich im Unterbewusstsein dieses leise Geräusch, das ertönt, wenn der Hörer des Telefons nicht auf der dazugehörigen Hörerhaltung verharrt. Als ich wieder nach drinnen ging, ergriff ich den Telefonhörer und rief Billy an. Ich erzählte ihm, dass ich eben von Idas Tod erfahren hatte und ob er mich zu Ida in die Tagesbetreuung bringen könne. Er war stets für mich da und auch jetzt war er es. Ich war so zerstreut und agierte rein instinktiv, beinahe ferngesteuert. Wortlos und schweigend fuhren wir kurze Zeit später gemeinsam zum »Abendglück«. Dort angekommen, saß Ida noch immer friedlich in ihrem Schaukelstuhl. Ein kleine Traube von Mitarbeitern der Tagesbetreuung versammelte sich um mich und sprachen ihr Beileid aus. Idas Augen waren geschlossen und es schien so, als würde sie noch immer in ihren Mittagsträumen verweilen.

So richtig kann ich Ihnen nicht mehr wiedergeben, wie die darauffolgenden Minuten und Stunden abliefen, denn jegliche Erinnerung ist mir etwas abhandengekommen. Ich erlebte diese Zeit mit Scheuklappen und immer wieder musste ich aus einem starrenden Blick geholt werden, so zumindest teilte es mir Billy später mit.

Die darauffolgenden Tage waren von einer Trägheit geprägt, wie ich sie lange, vielleicht noch nie zuvor, erlebt hatte. Die Akzeptanz des Todes war da, doch gibt es einen geeigneten Zeitpunkt dafür? Im Grunde genommen veränderte sich ja alles. Wer kann diese Gefühle beschreiben, und müssen sie beschrieben werden? Vielleicht ja. Um zu realisieren, um zu akzeptieren, um weiterzumachen.

Doch vorerst riss es mir den Boden unter den Füßen weg. Ich lebte weiter, doch anfangs eher wie ein geistloses Wrack. Ich agierte wohl eher in einer Art Trance und agierte in dieser Zeit, wie Trauernde agieren, wenn sie einen geliebten Menschen verloren hatten.

Idas Beerdigung fand drei Wochen nach ihrem Tod auf dem örtlichen Friedhof statt, und beinahe die ganze Ortschaft war anwesend. Die Sonne schien, es war ein würdiger Tag.

Ida hatte gefühlt für jeden der Anwesenden zu ihrer aktiven Nähzeit etwas genäht, nun schloss sich der Kreis, und Idas Sarg wurde zur Erde gelassen. Er war überzogen mit einem Häubchen aus genähten Pullovern, Stofftieren und Socken. So ziemlich jeder der Anwesenden hatte etwas Selbstgenähtes mitgebracht, und alle erwiesen Ida so ihre letzte Ehre. Es beruhigte mich für einige Augenblicke enorm, und es führte mir noch einmal vor Augen, welche wundervolle Frau da so viele Jahre an meiner Seite weilte. Tränen flossen, unaufhaltsam.

Wie ich so an Idas letzter Ruhestätte stand und zusah, wie die Helfer der Kirchgemeinde ihren Sarg in die Erde ließen, da grub sich aus einer Gedankenwolke mit Leere, Angst, Hilflosigkeit und Trauer nach und nach ein anderer Gedanke mehr und mehr nach oben – Dankbarkeit.

Und so schwer es zu verstehen war, dieser Gedanke hielt mich im Leben, dieser Funke brachte mir etwas, das sich Zuversicht und Hoffnung nannte, das Trauer als etwas Gutes definierte und nur ein Zeichen dafür war, dass etwas sehr Wertvolles bestand hatte, viele, viele Jahre. Auch wenn einige Zeit ins Land ging, Dankbarkeit überwand alle Hindernisse, meine Hindernisse. Und die waren mitunter enorm, mehr als ich mir ausdenken konnte.

Kapitel 15

Whiskey und ein guter Freund

Auch Wochen nach Idas Tod erreichten mich unzählige Beileidsbekundungen per Post. Mal waren es Briefe, dann wieder Blumen oder kleine Geschenke und noch immer spürte ich die Nachwehen ihres Ablebens, die Dankbarkeit und auch die Trauer der Leute. Vor allem aber spürte ich eines: Stille.

Doch jetzt war es anders, wieder mal. Als Ida nach ihrem Anfall im Krankenhaus und in der Reha weilte, war diese Stille nur auf Zeit, denn ich hoffte und wusste, dass sie nicht endlos war.

Und wie Sie wissen, sie war endlos, auch wenn sie sich anfangs für mich sehr fremd anfühlte. Doch ich hatte immer die Hoffnung, dass sie vorbei gehen würde.

Als Ida täglich die Tagesbetreuung »Abendglück« besuchte, da war jene Stille, die bei uns daheim einkehrte, wiederum eine andere. Denn dieses Mal war sie war friedlich und nicht unangenehm. Doch nun, da Ida nicht mehr bei mir war, dehnte sich dieser Schleier der Stille in einer ganz anderen Form über mir und unserem Haus aus.

Der Gedanke daran, dass sie nun nicht mehr endlos, sondern endlich sein würde und ich sie zeitlebens erdulden musste, machte mich anfangs sehr machtlos und in gewisser Weise ohnmächtig.

Die ersten Tage meines alleinigen Daseins ging ich kaum noch aus dem Haus, und die mitunter einzigen Geräusche, die wohl zu vernehmen waren, sind wahrscheinlich flehende Katzenrufe von Emma nach Futter oder Streicheleinheiten gewesen. Auch ihr fehlte Ida, das konnte ich spüren.

Nicht nur, dass sie jeden Tag an der Haustür kauerte, in der Hoffnung, Ida käme am späten Nachmittag von der Tagesbetreuung nach Hause, nein, auch der Schaukelstuhl auf der Veranda wurde von ihr nur noch selten verlassen. In meinem mitleidigen Zustand kümmerte ich mich so gut es ging um sie, und ich spürte, wie sie nach und nach meine Nähe suchte, doch dass etwas fehlte, spürten wir wohl beide.

Der Verbrauch von Whiskey stieg an, nicht hemmungslos, aber er stieg. Ein schleichender Prozess, der mich nicht zu stören schien. Ich ließ mich nicht direkt gehen, aber indirekt schon. Ich wusch mich regelmäßig, und auch meine Tagesaufgaben erfüllte ich mehr oder weniger vorbildlich. Doch in einer Form des geistlosen Zustandes befand ich mich dennoch.

Auch wenn ich die Veränderung und das Leben ohne Ida schon vor Idas Tod akzeptierte, oder besser gesagt zu akzeptieren versuchte, der schmale Grat zwischen Trauer, dem Weitermachen und dem Kapitulieren, er war nun enorm.

Oft überkamen mich ganz wunderbare Erinnerungen, Erinnerungen an viele schöne Erlebnisse. Große Freude keimte in mir auf, zumindest für ein paar Augenblicke. Fast euphorisch blätterte ich unzählige, alte Fotoalben durch, Fotos, vom Kennenlernen bis hin zur Hochzeit, Fotos, die Unmengen an Höhen und auch Tiefen festhielten.

Doch schon im nächsten Moment ballte die Realität ihre eiserne Faust und durchschlug diese Gedankenblasen mit aller Kraft, und die Ernüchterung darüber, dass es nie wieder so werden würde, wie es war, hielt Einkehr.

Das Telefon klingelte beinahe täglich, und die meisten Anrufversuche startete Billy. Der Anrufbeantworter war gut gefüllt mit Billys Nachrichten. Er schaute hin und wieder vorbei und erkundigte sich nach mir, was ich ihm hoch anrechnete, aber zu jener Zeit nicht zeigen konnte. Ich bemühte mich, auch ihn mindestens ein Mal in der Woche zurückzurufen, doch mehr als ein »Ja, geht schon.« oder »Heute nicht.« war meinerseits meist nicht möglich. Es waren eher wortkarge Gespräche und geradeso ausreichend für Billy, um zu wissen, dass ich noch Leben in mir besaß.

Und ich spürte, wie ich mich manchmal

in eine Schublade packte, die vor Selbstmitleid nur so sprudelte, doch ich ließ es überwiegend über mich ergehen oder kippte mir noch ein Gläschen Whiskey in den Rachen. Es ging mir tierisch auf die Nerven, und ich ärgerte mich so sehr darüber, doch in meinem Zustand fand ich keinen Weg aus diesem Dilemma.

So ging das gefühlt wochenlang, und wäre Emma in dieser Zeit nicht bei mir gewesen, wäre ich wohl völlig im Strudel des Selbstmitleides versunken.

So zumindest hatte ich noch eine kleine Aufgabe, und zumindest die erfüllte ich anständig. Doch was nach wie vor bestand hatte, das war dieses mitunter geistlose Taumeln zwischen Gegenwart und Vergangenheit, Whiskey und alten Erinnerungsfotos. Diesen Zustand wollte ich immer umgehen, doch nun musste ich feststellen, dass ich mich mittendrin befand.

Kapitel 16

Reiß dich zusammen

Keine Ahnung, was ich je an Whiskey fand, doch ich glaube, bei mir war das eher so ein Gefühlsding. Eine Art Nachempfinden und Imitieren, wie im Film, wenn die Herren im Smoking und Anzug samt Zigarre und Whiskey im Nebeldunst das Leben in vollen Zügen genossen, während sie Karten spielend in der Suite eines Fünf-Sterne-Hotels auf die Lichter der Stadt blickten. Es ging mir wohl mehr um das Hineinversetzen und Erleben als um den Geschmack und die Wirkung.

Eines Tages klopfte und klingelte es an der Tür. Im Halbschlaf nahm ich das mehrmalige Klopfen und Klingeln war. Ich schielte mit einem Auge auf die alte, braune Wanduhr, es war kurz vor Mittag. Es klopfte wiederum an der Tür.

»Mach auf, Emil, es ist Donnerstag!«, rief es lautstark aus Richtung der Haustür. Es war Billy, der energisch vor der Tür stand. Nach mehrmaligem »Los Emil, jetzt mach schon auf!«, riss ich mich von der Couch los, um Billy die Tür zu öffnen. Vom Gleichgewichtssinn ein wenig durcheinandergebracht, torkelte ich zur Tür und öffnete sie.

»Na, willst du reinkommen?«, fragte ich ihn. Billy nickte. Er trat ein und griff mir beherzt an beide Schultern.

»Du siehst verdammt schlecht aus, Emil! Geh dich Duschen, zieh dich an, wir gehen jetzt einkaufen!«

Unübersehbar überrumpelt leistete ich keinen großen Widerstand, sondern tat das, was Billy mir auftrug. Ich wusch mich, zog mich recht ordentlich an, kämmte mir mein Haupthaar und ging seit Tagen wieder einmal vor die Tür, bewusst versteht sich.

Die Kontrolle über meinen Tages- und Nachtrhythmus hatte ich verloren, sodass es mir oft schwerfiel, die Uhrzeit einzuschätzen. Aus meiner Lethargie kam ich daher nur schwer heraus, es brauchte externe Faktoren, die mich aus diesem Phlegma holten, so zum Beispiel Billy.

Wir setzten uns ins Auto und fuhren los. Wir sprachen nicht sehr viel auf der Fahrt zum Einkaufscenter, doch gerade genug, um mich am Leben teilhaben zu lassen. Wissen Sie, es kotzte mich regelrecht an, diese Interessenlosigkeit meinerseits, aber zu der Zeit konnte ich mich einfach nicht aufraffen. Und Billy wusste das.

Er schaute immer wieder während der Fahrt zu mir herüber, seine Blicke durchlöcherten mich regelrecht. Etwas lag in der Luft.

»Also ... Emil, jetzt ist Schluss! Wie lange kennen wir uns jetzt?«

»Sehr lange.«, murmelte ich.

»Richtig! Und deshalb hör mir jetzt mal gut zu!« Billy trat beherzt auf die Bremse und fuhr rechts ran.

»Ich bin es leid, dich so zu sehen! Du geistloses Wrack! Ida ist tot, ja. Und dieser Verlust ist nicht ersetzbar für dich! Ich weiß das! Wir können das jedoch nicht rückgängig machen! Ich kann es nicht rückgängig machen und du auch nicht! Es ist passiert, scheiße nochmal! Ich bin dein Freund, und wenn du dich nicht selbst zusammenreißen kannst, dann helfe ich dir! Ich bin für dich da, aber lass dich nicht so gehen! Du trauerst, das ist ok, aber höre doch endlich auf, dich selbst zu bemitleiden! Ida hätte das so bestimmt auch nicht gewollt!«

Wie recht er doch hatte. Und es war mir bewusst, mit jedem seiner Ausrufe mehr. Ich nickte, doch mehr als ein »Danke.«, kam mir noch nicht über die Lippen.

Wir gingen Einkaufen, wie wir es vorhatten, und am Abend, als ich mich zu Emma auf die Couch setzte, ging ich in mich.

Ja, es stimmt. Aus Trauer wurde Selbstmitleid, aus Respekt wurde Angst. Aus meinem Leben wurde ein belangloses Dahinvegetieren, und so konnte es nicht weitergehen. Manchmal ist es wichtig, dass einem die Meinung gesagt wird – und nicht nur irgendwie, sondern so richtig. Gerade unter Freunden, unter richtig guten Freunden, kann es daher sehr wertvoll sein und unglaubliche Kräfte entfachen. So schwor ich mir noch am gleichen Abend, etwas zu verändern, Stück für Stück, und es sollte mir gelingen.

Billys Ansage brachte tatsächlich etwas Bewegung in mein Leben und kam wohl genau zur rechten Zeit. Denn nicht nur, dass wir das Ritual des Einkaufes an jedem Donnerstag wieder einführten, auch der Schleier der Stille, der zog hinfort, und ich kümmerte mich fortan wieder bewusster um das Innenleben meines Hauses.

Sobald ich wieder in leichte Selbstmitleidsphasen abzurutschen drohte, hielt ich mir Billys Standpauke vor Augen. Und schließlich war da ja auch noch Emma. Ich will nicht sagen, dass ich sie vernachlässigte, aber sie hatte sicherlich weit mehr Aufmerksamkeit verdient, als ich ihr seit Idas Tod gab.

Regelmäßiges Füttern, konstant gewählte Streicheleinheiten und ein bewussterer Umgang, das nahm ich mir vor. Und ich war erstaunt, wie sehr es mich wieder ins Leben zurückbrachte. Dass Katzen eine positive Wirkung auf Menschen ausstrahlen, ist ja unlängst bekannt. Was Emma anging, so konnte ich das nur zu gut bestätigen. Da ich mir fortan ein bewussteres Leben vornahm, genoss ich es nur zu sehr, Emma beim Essen zuzuschauen. Beruhigend und Seelenfrieden findend, so fühlte ich, während ich Emma beim Naschen ihrer Köstlichkeiten betrachtete.

Es dauerte noch ein paar Tage, bis ich mir größere Ziele setzten konnte. Ich fing klein an. Tagesaufgaben, geordnete Abläufe, geregelte Mahlzeiten, Spaziergänge, Emma. Nach und nach gelang es mir besser. Ich nahm mir vor, täglich zu Idas Ruhestätte zu spazieren, um sie zu besuchen. Denn seit ihrer Beerdigung war ich nicht wieder dort gewesen.

Doch auch daran änderte ich etwas, für Ida, für Emma und für mich, und obendrein gelang es mir mehr und mehr, mein Dasein zu akzeptieren, auch ohne Ida an meiner Seite. Was blieb, waren Erinnerungen, Gefühle und die Zukunft.

Ich traf mich mit Billy nun wieder häufiger, nicht nur donnerstags. Wir unternahmen gemeinsame Ausflüge, spielten freitags wieder Dart in der Garage, und ich fing mehr und mehr an, wieder wahrhaftig zu leben. Mein Tag beinhaltete neue und alte Rituale, und ich spürte, wie aus einem geistlosen Wrack, wie Billy mich nannte, wieder ein Lebewesen wurde, das das Leben zu schätzen wusste und nicht in einem Meer aus Trauer und Selbstmitleid ertrank. Billy und Emma hoben mich vom Boden auf und brachten mir sinnbildlich wieder das Gehen bei, und dafür war ich dankbar, sehr sogar.

Kapitel 17

Ein wenig Normalität

Während meiner letzten Kontrolluntersuchung fragte mich mein Hausarzt nach meinem Wohlbefinden. Natürlich wusste er von meinem Verlust und auch von meiner Gesamtsituation, doch ich ging nicht näher im Detail darauf ein.

Wir kannten uns nun schon seit vielen Jahren und ein »per Du«, war nur die logische Folge. Das machte das Ganze zwischen all den Patientenakten und vollen Warteräumen somit zumindest ein klein wenig individueller, denn für einen Smalltalk blieb meist recht wenig Zeit. Ich versicherte ihm, dass es mir allmählich wieder besser ginge, und nachdem er das Stethoskop ein paar Mal an meiner Brust und am Rücken angesetzt hatte, ließ er mich wissen, dass alles altersentsprechnd in Ordnung wäre. Falls ich Beschwerden haben sollte, dürfte ich mich jederzeit melden.

»Pass auf dich auf und bleib weiterhin aktiv.« Ich nickte und ging aus dem Behandlungszimmer. Routineaufenthalt, so würde ich das Ganze bezeichnen.

Noch am selben Tag setze ich die ärztliche Aktivitätsbitte in die Tat um und unternahm am Abend einen ausführlicheren Spaziergang, während der Mond schon am Himmel stand. Die Sterne schienen greifbar, und der Wind säuselte beruhigend durchs Baumgeäst. Ich ließ die letzten Wochen in einer mir erstaunlichen Ruhe noch einmal Revue passieren, um mich dann, wieder zu Hause angekommen, bei einer Tasse gutem Tee in meinen Wohnzimmersessel sinken zu lassen. Ich legte meine Beine auf den Beihocker und war ganz bei mir. Emma lag friedlich auf dem Sofa und hob gelegentlich ihr Köpfchen, ehe ihre Katzenaugen dem Schlaf erlagen.

Mich durchzog ein Gefühl von innerer Ausgeglichenheit, und ich fühlte, dass ich mich wieder an kleinen Dingen erfreuen konnte, die ich seit Idas Tod nicht mehr zur Kenntnis genommen hatte. Eine Kugel Eiscreme, ein ausführliches Wannenbad, das sonntägliche Bingospiel oder ein schmackhaftes Stück Sahnetorte, um nur ein paar Beispiele zu nennen.

Ich ließ mich nicht mehr von negativen Gedanken umzingeln, denn zu lange hatten sie mich vereinnahmt. Ida fehlte mir auch weiterhin, doch meine Akzeptanz war nun stärker als andere, mir nicht unbedingt wohlgesonnene Gedanken.

Die Tatsache, dass ich wieder neuen Mut gefunden hatte, ließ mich Abend für Abend beruhigt einschlafen, auch ohne Einschlafmittelchen, die zu genüge im Apothekerschränkchen weilten. Wenn mich am Tage die Müdigkeit doch mal übermannte, so schlief ich einfach ein wenig. Wenn ich Appetit bekam, aß ich, und wenn ich Lust auf einen Spaziergang hatte, dann spazierte ich. Ida vergaß ich dabei niemals, denn ich wusste, sie war ganz nah bei mir, so nah sie mir nur sein konnte. Ich fand meinen früheren Lebensweg der Ausgeglichenheit wieder, und das machte mir vieles so unsagbar einfacher. Mir war klar, dass es auch anders hätte ausgehen können, und die Wahrscheinlichkeit hierfür lag sehr hoch.

Wie oft zerfallen Menschen an herben Verlusten, und wie knapp war ich selbst daran vorbeigeschrammt. Ich habe Menschen erlebt, die an Dingen verendet sind, die für gewöhnlich als sehr selbstverständlich betrachtet wurden. Die mitunter klare Rollenverteilung meiner Generation trug zu Lebzeiten vielleicht einem geordneten Lebensstil bei, nach Ableben des Partners jedoch war er für viele der Pfad in Richtung Hilflosigkeit und Verendung.

Wäsche waschen, sich selbst Essen zubereiten oder bürokratische Angelegenheiten klären sind nur leise Vermittler von teils heranpirschender Hilflosigkeit und Ohnmacht. Der Lage nicht mehr gewachsen zu sein, trifft es demnach wohl am besten.

Sich »allein gelassen« fühlen und das fehlende Licht am Ende des Tunnels. Nennen Sie es, wie Sie wollen. Für viele jedoch waren solche Hürden nur schwer oder ganz und gar überhaupt nicht überwindbar. Und so simpel es sich auch lesen mag, es steckt so viel Wahrheit darin. Aus der jetzigen Sicht war ich froh, Ida das ein oder andere Mal bei verschieden Haushaltsdingen über die Schulter geschaut zu haben und wenn ich ehrlich bin, ließ auch diese Tatsache mich weiterhin am Leben teilhaben.

Kapitel 18

Ein Schritt zurück

Euphorie ist gut und Euphorie ist wichtig, doch manchmal blendet sie auch, vor allem wenn zu viel Alkohol im Spiel war. So zumindest machte ich die Erfahrung.

Es war wieder Freitag, und Billy war zu Besuch. Meine Garage, in der wir unsere Dartabende fabrizierten, hatte ich bestens vorgeheizt, denn es war Winter. Das hieß, es waren Minusgrade vor der Tür und angenehme Plusgrade dahinter. Mittlerweile hatten Billy und ich die Garage so eingerichtet, dass ich sie ungelogen als zweites Wohnzimmer betiteln konnte. Eine kleine 2-Sitz-Couch, ein alter brauner Sessel, eine dimmbare, mannshohe Stehlampe, ein gebrauchtes TV-Gerät, eine farbenfrohe Musikbox, eine Dartscheibe an der Wand, ein kleiner Kühlschrank, eine Campingtoilette samt höhenverstellbarem Sockel und ein kleines Waschbecken mit fließendem Wasser definierten die

Grundausstattung. Schlicht und einfach, doch zum Wohlfühlen ganz und gar geeignet.

Die Stunden vergingen, es war bereits nach Mitternacht. Der ein oder andere Schluck Whiskey rann unsere Kehlen hinab, und die Dartpfeile sausten nur so gegen die Zielscheibe. Ich weiß nicht genau, wie es passierte und vor allem was passierte, doch von jetzt auf gleich veränderte sich etwas in mir.

Es kamen Gefühle in mir auf, von denen ich eigentlich dachte, dass ich sie verbannt hatte. Es fühlte sich an wie ein Gemisch aus Zorn, Frust, Sentimentalität und Wut. Was danach folgte, kann ich nicht so recht beschreiben. Erst am nächsten Morgen erfuhr ich, was in etwa passiert war.

Durch ein lautes Poltern im Haus erwachte ich und stellte fest, dass ich mich auf der Wohnzimmercouch befand, jedoch nicht wusste, wie ich dorthin gekommen war. Im Vollbesitz meiner Kleidung setzte ich mich an den Rand der Couch, ein sehr starkes Hämmern im Kopf war die Folge. Ich fühlte mich wie ein

Teenager, der zum ersten Mal zu tief ins Glas geschaut hatte, naiv und absolut unreif.

Ich kniff die Augen zu und hielt mir die Hände an die Schläfen, denn solch einen Kopfschmerz hatte ich schon eine halbe Ewigkeit nicht mehr gehabt. Auch konnte ich die lauten Geräusche im Haus nicht genau orten, doch urplötzlich stand Billy vor mir. Ich versuchte krampfhaft, meine Augen zu öffnen.

»Was machst du denn noch hier?«, fragte ich Billy, während der nur die Stirn runzelte und mit den Schultern zuckte.

»Wenn ich das wüsste. Geht es dir wieder besser?«

Billy setzte sich zu mir auf die Couch und ließ sich in die weichen Kissen nach hinten fallen.

»Besser? Mir geht es ganz und gar nicht gut! Ich habe wahnsinnige Kopfschmerzen!«

Wieder hielt ich mir die Hände an die Schläfen und versuchte mit leichtem Fingerdruck und kreisenden Bewegungen dem Schmerz entgegenzuwirken.

»Wir sind alt!«, gab Billy kurz und bündig zu verstehen.

»Haben wir denn so viel getrunken?«, fragte ich Billy, während ich meinen Kopf nun noch mehr in meinen Händen vergrub.

»Es scheint fast so, als wäre es viel zu viel gewesen. Weißt du denn nichts mehr?«

Billy rutschte an den Vorderrand der Couch auf meine Höhe und drehte den Kopf in meine Richtung.

»Irgendwie weiß ich wirklich nicht mehr viel«, brummelte ich durch meine Hände und versuchte so gut es nur ging, nicht vom Couchrand zu rutschen.

»Ich sag mal so: Du bist von jetzt auf gleich wie ausgewechselt gewesen. Erst dachte ich, du machst nur Spaß – und auf einmal ...«, ich vergrub meinen Kopf wieder tief in meine Hände, während Billy beinahe vorwurfsvoll in meine Richtung sprach.

»Ich ahne es.«, flüsterte ich.

»Lass uns mal in die Garage gehen, ich glaube, wir müssen aufräumen.«

Billy stand auf und klopfte mir im Vorbeigehen auf die linke Schulter. Ich erhob mich ebenfalls von der Couch und wir gingen auf direktem Weg zur Garage. Noch während ich mich von der Couch erhob, dachte ich mir:

»Wo ist eigentlich Emma?«

An der Garage angekommen öffnete ich die Tür, oder besser gesagt, ich hob sie zur Seite, denn sie befand sich nicht mehr wie gewöhnlich in ihren Scharnieren. Schon der erste flüchtige Blick reichte mir, um »Beim Futternapf meiner Katze! Was ist denn hier passiert?« auszurufen.

So ziemlich das Einzige, was sich noch an dem Platz aufhielt, an dem es sich ursprünglich vor dem gestrigen Abend befand, war die Dartscheibe an der Wand.

»Das waren wir?«, fragte ich Billy mit einem mehr als bestürztem Blick.

Billy gab mir mit seinem starren Blick zu verstehen, dass genau ich, und nur ich, diese Verwüstung herbeigeführt hatte. Ich schlug die Hände über dem Kopf zusammen und hatte das Gefühl, das Hämmern in meinem Kopf würde sich nochmalig intensivieren.

»Du bist plötzlich durchgedreht. Von jetzt auf gleich. Keine Ahnung wieso, denn eigentlich war alles gut.«

Kaum ausgesprochen ging Billy voran, geradewegs durch das blühende Chaos hindruch. Ich schlug meine Hände nun hinter dem Kopf zusammen, und je mehr ich das Tohuwabohu betrachtete, desto mehr kam meine Erinnerung wieder zurück, auch, weil Billy meine Eskapaden sehr erstaunlich detailliert erklären konnte. Wir benötigten schließlich den halben Tag, um wieder Ordnung zu schaffen, und als wir fertig waren, da war es so, als sei nichts gewesen. Doch nun fühlte ich mich müde, sehr sogar.

Wir kehrten beide ins Haus zurück und wechselten noch ein paar prunklose Sätze, ehe Billy, ebenfalls nach Schlaf ringend, nach Hause ging. Mein Weg hingegen ging zielstrebig in Richtung Wohnzimmercouch. Ganz nebenbei war auch Emma wieder aufgetaucht, und sogleich suchte sie meine Nähe, um sich ans andere Ende der Couch zu platzieren und in gewohnter Manier ebenfalls ein Schläfchen zu tätigen. Aufgrund des Lärms der vergangenen Nacht hatte sie sich wohl irgendwo ein sicheres Versteck im Haus gesucht und kam erst Stunden später wieder daraus hervor.

Nun war die Luft rein, es herrschte Ruhe im Haus, und sowohl Emma als auch ich schliefen alsbald ein. Als ich wieder erwachte, war der Schmerz im Kopf nicht mehr da, was mich innerlich sehr erfreute. Ich ging in die Küche und bereitete mir einen Kräutertee zu, denn ein wenig flau im Magen war mir noch immer. Ich setzte mich auf die Veranda und schaute im Abendlicht hinüber zur Garage, doch mehr als ein Kopfschütteln konnte ich der ganzen Situation nicht abgewinnen. Später trug ich noch den Hausmüll nach draußen, machte mich anschließend bettfertig und trat meinen Nachtschlaf an. So einen Tag hatte ich lange nicht mehr erlebt, und es erinnerte mich ein wenig an meine Jugendzeit.

Kapitel 19

Glasscherben und Onkel Ernst

Es war Sonntagmorgen und ich fühlte mich wieder besser. Im Alter dauert es bekanntermaßen etwas länger, eine durchzechte Nacht auszukurieren. Auch ich hatte nun diese Erfahrung gemacht.

Um den Tag besser zu starten als den vorangegangenen, entschloss ich mich, einen ausgiebigen Morgenspaziergang zu absolvieren. Frische Luft war genau die richtige Antwort auf meine vergangenen achtundvierzig Stunden. Ich schaute auch bei Ida vorbei, und da die Sonne an jenem Sonntag so prächtig schien, verharrte ich noch ein wenig auf einer Bank, von der aus ich seelenruhig auf Idas Ruhestätte blicken konnte. Die Sonne schien mir ins Gesicht, es war ein wirklich wunderbarer Morgen. Auf dem Rückweg lief ich noch bei Malte vorbei, um mir eines seiner Sonntagsbrötchen mitzunehmen. Als ich wieder daheim war, bereitete ich mir einen kräftigen Kaffee zu und frühstückte in aller Ruhe auf der Veranda, während Emma ihre Runden um den Pflaumenbaum drehte.

Wie ich sie so beobachtete, mit ihren bedachten Schritten, da überlegte ich, ob denn überhaupt noch etwas vom Pflaumenkompott übrig war. Ida und ich hatten über Jahre hinweg viele Pflaumen in Gläser eingelegt, die wir in der Garage stapelten.

Das in Gläser gefüllte Zeug aus dem Einkaufsmarkt war noch nie unser Geschmack gewesen, deshalb schworen wir auf unser Pflaumenkompott. Ich nahm mir vor, gleich nach dem Frühstück nachzusehen, ob sich noch Restbestände in der Garage aufhielten.

Zu meinem Erstaunen befanden sich in der Tat noch einige Gläser mit Pflaumenkompott im Regal. Doch ich musste auch erkennen, dass Billy und ich ein paar zu Bruch gegangene leere Gläser bei unserer Aufräumaktion übersehen hatten. Hinter einem Vorhang, der in einen kleinen Abstellraum führte, sah ich, dass die eine oder andere Glasscherbe noch immer am Boden lag, und fortan begann ich, mit einem Besen die restlichen Scherben zusammenzukehren.

Ich hatte meinen letzten Arbeitseinsatz im Rahmen meines mir noch immer unbegreiflichen Verwüstungsaktes fast abgeschlossen, da erblickte ich in der hintersten Ecke der Garage, in der wirklich letzten Ecke des kleinen Abstellraumes, ein mir bis dato vergessenes Objekt. Zwischen zwei alten Ofenrohren und drei Pappkartons mit unzähligen Büchern offenbarte sich mir ein vergessenes Utensil meiner Vorfahren.

Ein blauer, schon allmählich verrosteter Rahmen stach hervor, und ehe ich mich versah, holte ich meinen Blickfang ins Licht. Es war das alte Klapprad von Onkel Ernst, welches ich in meinen Händen hielt.

Ich stellte den Besen zur Seite und nahm das Erbstück mit nach draußen, um es behutsam an den Pflaumenbaum zu stellen. Anschließend setzte ich mich in den Schaukelstuhl auf der Veranda und betrachte das rostige Objekt. Welch ein Anblick und was für eine Überraschung, Onkel Ernsts altes Klapprad. Es fiel dabei nicht ins Gewicht, dass sich neben dem verrosteten Gestell der eine oder andere Makel auftat.

So wie es dastand, schien es perfekt und machte mich für ein paar Augenblicke nicht mehr zum ältesten Gegenstand im Umkreis von zwanzig Metern. Ich ließ es noch ein paar Minuten dort stehen und begutachtete es aus sicherer Entfernung. Es schien noch fahrtüchtig, doch natürlich müsste man einiges daran ausbessern, ganz abgesehen von den luftleeren Radschläuchen.

Vorerst jedoch stellte ich es in die Garage, doch nicht wieder nach ganz hinten, sondern weit nach vorne, sodass es nicht zu übersehen war.

Den Rest des Tages verbrachte ich mit Kreuzworträtseln und meinen Aufgaben im Haushalt, denn auch diese Dinge hatte ich die vergangenen achtundvierzig Stunden arg vernachlässigt.

Als ich mich am Abend ins Bett legte, dachte ich noch ein wenig über meinen Fund des Tages nach. Ich versuchte, mich daran zu erinnern, wie das Klapprad in unseren Besitz gekommen war und seit wann eigentlich Onkel Ernst nicht mehr unter uns weilte.

Ich erinnerte mich daran, wie er uns vor vielen Jahren an einem Wochenende mit diesem Klapprad besuchte und wie groß die Überraschung war, als er uns erzählte, dass er viele Kilometer damit zurückgelegt hatte, um zu uns zu gelangen. Schließlich wohnte er weit über dreißig Kilometer entfernt, und wer schon einmal mit einem solchen Klapprad unterwegs gewesen ist, der weiß, dass ohne Gangschaltung selbst kleine Berge sehr beschwerlich zu überwinden waren, ganz abgesehen vom Alter des Radführers.

Doch ehe ich meine Gedanken so richtig vertiefen konnte, schlief ich auch schon friedlich ein.

Kapitel 20

Eine neue Aufgabe

Der nächste Tag war noch jung, und ich rief Billy an. Ich fragte ihn, ob er vorbeikommen könnte, denn ich wollte ihm von meinem Fundstück berichten. Es dauerte auch nicht lange, da stand er bereits vor meiner Tür, und ich ging mit ihm in die Garage, um ihm das Objekt der Begierde vorzuführen. Es zeigte sich jedoch schnell, dass nicht jeder in solch kleinen Dingen etwas Großes erkennt. So übermäßig meine Freude über das Fundstück war, so ernüchternd war Billys Reaktion darauf. Sicher hatte ich ein anderes Verhältnis zu diesem rostigen Gefährt, aber mehr als ein eintöniges »So eins hatte ich auch mal.«, brachte Billy nicht über die Lippen.

Ich haderte nicht lange mit seiner fehlenden Euphorie und bat ihn, mich zum Zweiradhändler zu fahren. Auf einem kleinen Zettel hatte ich noch ein paar Dinge aufgeschrieben, die es zu besorgen galt. Wie gesagt, so getan. Nach etwa einer Stunde setzte mich Billy wieder daheim ab. Ich bedankte mich artig bei ihm, und er fuhr seines Weges.

»Wir telefonieren!«, rief er mir noch zu, während er eifrig die Autoscheibe herunterkurbelte nach.

Mit neuen Radschläuchen, Radfarbe und dem einen oder anderen Wechselteil ging ich auf direktem Wege in die Garage. Ich hatte also eine neue Aufgabe, eine, die es nun zu bewältigen galt.

Ich stellte die Musikbox an und ließ mich während meiner Reparaturarbeiten ein wenig musikalisch begleiten.

Schließlich, nach drei langen Tagen, hatte ich mein Werk vollendet, und das Klapprad von Onkel Ernst erstrahlte in neuem Glanz. Der einst rostige Drahtesel war nun verwandelt. Der Rahmen strahlte in einem dunklen Blauton, die Bremsen waren funktionsbereit, das Licht samt Trafo ebenfalls, und die Luft blieb in beiden Radschläuchen. Ich befestigte zusätzlich am Lenker ein kleines Körbchen, eine Mitfahrgelegenheit für einen weiteren Passagier. Auch Emma sollte in den neuen Fahrgenuss kommen. Geduldig hatte sie mich die letzten drei Tage in der Garage begleitet. Still und beobachtend kauerte sie beharrlich auf einer alten Decke, während ich mein neues »Baby« auf Vordermann brachte. Dafür wollte ich sie belohnen, und ich wusste, es war an der Zeit, dass auch Emma etwas mehr von der Welt zu sehen bekommen sollte als nur das Innenleben unseres Hauses und den Pflaumenbaum im Hinterhof.

Unsere erste gemeinsame Probefahrt musste allerdings noch etwas warten, denn schließlich war Winter. Und während dieser Einkehr hielt und die Wochen vergingen, verlebte ich das Weihnachtsfest eher ohne große Aufmerksamkeit. Es war wohl das erste Weihnachten, welches so emotionslos verlief, ohne weiter darauf einzugehen.

Doch auch das verging, und mit dem ersten Frühlingserwachen fuhr ich mit Emma eine kleine, gemütliche Testfahrt durch die Ortschaft, entlang der Baumallee in Richtung Friedhof. Vorher überprüfte ich nochmals alle Reparaturen auf Funktionalität. Im Sonnenuntergang fuhren wir gemütlich Meter um Meter, und während uns ein laues Lüftchen um die Ohren wehte, da war es so, als hätten Emma und ich eine neue Leidenschaft für uns entdeckt.

Vom Vogelgesang begleitet lag sie gemächlich in ihrem Radkörbchen, und hatte ich anfangs ein wenig Bedenken, sie könne aus dem Körbchen springen, so hielt sie seelenruhig Ausschau nach allem Neuen, was ihre Katzenaugen erblickten.

Selbst die Klingel hatte ich wieder zum Leben erweckt, und während wir an Idas Grab vorbeifuhren, ließ ich die Klingel kurz ertönen, sodass auch Ida wusste, dass wir an sie gedacht hatten.

Wieder daheim angekommen, stellte ich das Rad zurück in die Garage und ging gemeinsam mit Emma nach drinnen. Die ersten

Frühlingsabende wollten den Wintertagen temperaturtechnisch gesehen noch etwas Paroli bieten, und da es mittlerweile schon dunkel draußen war, ließen wir den Abend gemütlich im gut beheizten Wohnzimmer ausklingen. Es gab noch Butterbrot und eine Tasse Tee für mich, einen vollen Napf geliertes Katzenglück für Emma. Unbesorgt schlief ich später auf der Couch ein, während Emma schnurrend an meiner Seite weilte.

Das Klapprad von Onkel Ernst war nun zu neuem Leben erwacht, und man könnte meinen, es gab uns etwas Lebensenergie davon ab.

Kapitel 21

Ein neues Ritual

Auch dank der Restaurierung des alten Klapprades wurde ich nun noch lebendiger. Zu Fuß war ich zwar noch altersentsprechend gut unterwegs, doch beschwerlich fiel es mir dennoch. Natürlich versuchte ich mich ein wenig zu zügeln, denn ich wusste recht wohl, dass meine Reaktionsschnelligkeit nicht ohne Grund mein Autofahrerdasein beendet hatte.

Doch ich hielt mich ebenso gut an den Rat meines Hausarztes, der mir unzählige Male empfahl, mobil zu bleiben. Und diesem Rat wollte ich auch weiterhin folgen, noch dazu entwickelte sich der Frühling zu einem ganz wunderbaren, und auch der Sommer hielt, was er versprach. Es fiel mir daher nicht schwer, mich zu motivieren, die eine oder andere Runde in die Pedalen zu treten.

Ich erweiterte meinen Tagesaufgabenplan um ein weiteres Detail. Mindestens zwei

Mal in der Woche sattelte ich auf, gemeinsam mit Emma. Eine Runde durch die Ortschaft in jener Woche, eine Runde durch den angrenzenden Wald in der anderen Woche, ein neues Ritual war somit geboren, und es wurde nie langweilig. Obendrein schien es Emma mehr und mehr zu gefallen, auch hin und wieder nach draußen zu kommen und nicht nur der Pflaumenbaumrunden wegen.

Ich hatte somit eine weitere Ergänzung zu Kreuzworträtseln und Co. gefunden. Selbst Billy konnte ich, wenn auch nicht allzu häufig, für eine Radrunde begeistern.

Doch wenn ich ehrlich bin, mochte ich die Fahrten mit Emma dann doch lieber, ohne Billy dabei zu nahe zu treten. Er strahlte oft ein gewisses Maß an Hast und Hektik während unserer Fahrten aus, was nicht unbedingt der Sinn und Zweck des Stingel'schen Radelns war.

Hin und wieder ließ er sich zwar zu einer kleinen Radtour überreden, doch der Genuss, so wie ich ihn empfand, schien ihn nicht zu übermannen. Und es sollte auch dabei bleiben, denn spätestens nach Billys Tod, hatten sich diese Vorhaben ohnehin gegeben.

Er starb an einem Donnerstag, plötzlich und ohne Vorwarnung. So zumindest kam es mir vor. Wie sich später herausstellen sollte, war Billys Tod schon viele Jahre zuvor prognostiziert worden, allerdings nicht so, wie er stattgefunden hatte. Fussgänger fanden ihn leblos auf einer Parkbank in der Stadt, neben ihm eine leere Whiskey-Flasche.

Von der Parkbank aus besaß er einen herrlichen Blick auf den Stadtteich, und wenn der Abendhimmel mit Sternen bedeckt daherkam, spiegelte sich sein Antlitz in ihm wider.

Akutes Herzversagen, so zumindest lautete die offizielle Aussage der Ärzte. Sicherlich war es für Billy kein schönes Ende, doch vielleicht genau so eins, wie er es sich wünschte, in Ruhe und mit ansprechendem Ausblick.

Ich weiß noch, als wir uns an einem freitäglichen Dartabend bei mir in der Garage trafen und er mir nach drei Gläsern Whiskey euphorisch und fast sehnsüchtig davon berichtete, noch nie am Meer gewesen zu sein. Natürlich konnte ich seine Sehnsucht bestens nachvollziehen, denn auch ich war noch nie am Meer gewesen. Irgendwie konnte ich es ihm also nachfühlen, und vielleicht war es ja auch so gewollt, dass er an jenem Ort seinen letzten Frieden fand, am Wasser, allein.

Der Sommer war in seinen letzten Zügen, der Herbst klopfte bereits an der Tür. Es ist wohl nur allzu häufig so, dass nach jedem Hoch auch wieder ein Tief folgt. Zumindest sah es ganz danach aus.

Die Stabilität, die sich nach Idas Tod in mein Leben zurückgekämpft hatte, war nun erneut erschüttert worden und innerhalb weniger Monate wurde ein weiterer Lebensbaum in meinem unmittelbaren Umfeld gefällt, und nicht nur, dass ich mit Billy einen weiteren Teil meiner Familie verlor, nein, nun gab es nur noch Emma und mich.

Doch vorerst war da wieder diese Gefühlswelt, dieser schmale Grat zwischen Sein und Nichtsein, zwischen Resignation und Weitermachen, Akzeptanz und Zuversicht.

Bei allem, was so ein langes Leben mit sich bringt, der Tod eines geliebten Menschen ist ohne Akzeptanz nur schwer auszuhalten.

Ich hatte in der Vergangenheit viel dazugelernt, und sicherlich meisterte ich die mir nun wiederkehrende Situation nicht immer bravourös, doch das war auch nicht schlimm und obendrein absolut menschlich. Ich hatte gelernt, damit umzugehen, nicht zu übersehen, aber genau hinzusehen.

Denn Fakt war: Billy lebte nicht mehr, und das konnte keiner rückgängig machen, ebenso wenig wie Idas Tod. Nach ihrem Tod brachte mich Billy wieder auf die Beine und war weit mehr als nur ein Freund für mich geworden.

Nun jedoch kümmerte ich mich so gut es ging um seine Angelegenheiten. Sein Haus, sein Auto und sein ganzes Hab und Gut überließ Billy mir. Er hielt es detailiert in seinem Testament fest. Wie Sie wissen, hatte Billy keine Angehörigen mehr, zu denen er noch Kontakt hatte, und es verging fast ein halbes Jahr, bis ich alles klären konnte.

Ich verkaufte sein Haus, sein Auto und viele unzählige Sachen mehr. Das meiste von dem eingenommenen Geld spendete ich an verschiedene gemeinnützige Einrichtungen in der Stadt, einem Kindergarten, einer Grundschule und einen kleinen Teil behielt ich dafür, Billys und Idas Gräber in Schuss zu halten, auch über Jahre hinweg. Ich hatte demnach vorgesorgt.

Zu Billys Beerdigung erschienen viele mir unbekannte Gesichter, teils flüchtige Bekanntschaften, teils unbekannte Personen. Ich hatte eine Trauermeldung in der städtischen Tageszeitung geschaltet, mit der Bekanntgabe der Beisetzung.

Auch aus der Nachbarschaft erschien der ein oder andere Trauergast zu Billys letztem Geleit. Es fiel mir trotz meiner wiedergewonnen Akzeptanz natürlich nie leicht, alles zu verarbeiten, doch sie machte es mir um ein Vielfaches leichter. Jeden zweiten Tag fuhr ich mit dem Rad zu Idas und Billys Grab, Emma nahm ich nur mit, wenn die Sonne schien, denn bei Regen wollte ich sie nicht unbedingt nach draußen bringen. Sie war wohl das, was man eine Schönwetterkatze nannte.

Meine kleinen Einkäufe und Unternehmungen unternahm ich weiterhin mit dem Rad oder fuhr mit dem Bus. Gelegentlich nahm ich mir auch ein Taxi, doch das war eher selten der Fall. Die Uhr des Lebens drehte sich weiter, auch, wenn es mehr und mehr von Stille beherbergt wurde und so beruhigend sie mir in der Vergangenheit auch des Öfteren entgegenkam, so unheimlich wurde sie mir jetzt, mehr und mehr.

Kapitel 22

Das Päckchen

Nachdem ein weiterer Sommer dem Ende entgegenging und Billys Tod sich dem ersten Jahrestag näherte, klingelte es eines Nachmittags an meiner Tür.

Ich erhob mich von meiner Couch, denn ich wollte gerade ein kleines Schläfchen abhalten. Ich ging zur Tür und öffnete sie. Der Postbote stand davor und hielt ein Päckchen in der Größe eines Schuhkartons in der Hand.

»Herr Stingel, ein Paket für Sie«, sprach der Bote, der sichtlich in Eile war, denn eine große Menge Schweißperlen rannen an seinen Schläfen hinab.

Ein kurzes »Ah, ok.« meinerseits, eine rasche Päckchenübergabe samt Unterschriftsbestätigung der geglückten Übergabe – und schon war der Postbote wieder verschwunden.

Ich schloss die Tür hinter mir und ging samt Päckchen zurück zur Couch.

Ich betrachtete es für einen kurzen Moment, aber öffnete es noch nicht sofort, sondern stellte es auf den Couchtisch und entschied, erst einmal ein kurzes Schläfchen zu halten. Das Päckchen rannte ja nicht weg und meine Neugier konnte ich erstaunlicherweiße zügeln.

Als ich etwa eine Stunde später wieder erwachte, stellte ich fest, dass auch Emma sich schlafend neben mir auf der Couch befand, und so hob ich sie vorsichtig beiseite, um mich aufzurichten und an den Couchrand zu setzen. Emma schaute verständlicherweiße etwas verdutzt, ließ sich aber nicht lange davon stören und begab sich in eine neue und sichtlich gemütliche Schlafposition.

Ich nahm das Päckchen mit in die Küche und stellte es auf den Küchentisch, ehe ich mir eine Tasse Tee zubereitete. Die Sonne schien durchs Küchenfenster, und ich entschloss, das Päckchen auf der Veranda zu öffnen, nebst einer guten Tasse Tee. Als ich es im Sonnenschein vorsichtig öffnete, vergewisserte ich mich erst einmal über den Absender. Doch leider konnte ich keinen finden, was mich etwas überraschte. Es hätte sich ja alles Mögliche darin befinden können. Doch ich blieb beim Guten und öffnete es. Nicht nur, dass mich der fehlende Absender irritierte, auch der Inhalt wusste es zu verstehen, denn was sich in dem Päckchen befand, war ein Briefcouvert, auf dem ebenfalls kein Absender vermerkt war.

Ein Briefcouvert in einem Päckchen? Sicher, die letzten Jahre und Monate hatte ich unzählige Briefe erhalten, die allesamt in der Rubrik Beileidsbekundungen einzuordnen waren, doch wer bitte verschickt einen Couvert in einem Päckchen – und noch dazu ohne Absender und demnach anonym?

Ich wollte es herausfinden und die Neugier hatte mich nun doch gepackt. Ich öffnete den Couvert und nahm den Brief heraus. Ich atmete tief durch und lehnte mich in Idas Schaukelstuhl auf der Veranda zurück. Noch während ich die ersten Zeile las, musste ich tief schlucken.

Mein lieber Emil,

wenn Du diesen Brief erhältst, bin ich bereits nicht mehr bei Dir.

Diese Zeilen sollen meinen letzten Wunsch für Dich wiedergeben und ich weiß, Du wirst ihn Dir erfüllen.

Nun ist ein wenig Zeit ins Land gegangen...

Du weißt, wie schwer mir das Reden zuletzt gefallen ist und dass ich mich nicht mehr so wie gewohnt ausdrücken konnte.

Doch ich möchte Dir noch ein paar Dinge mitteilen.

Ich weiß, wie es um mich steht, und ich bin in guter Betreuung.

Ein paar wenige Tage bleiben mir noch, und die Gewissheit, dich bald verlassen zu müssen, lässt unzählige Tränen aus mir fließen.

Du sollst wissen, dass wir gemeinsam die richtige Entscheidung getroffen haben, auch wenn sie uns nicht leichtfiel. Schwester Gabi vom »Abendglück« hat mir geholfen, diese Zeilen zu verfassen. Ich möchte Dir sagen, wie unendlich dankbar ich Dir bin. Dankbar für all die Jahre, die ganz wunderbaren Höhen und auch die eher weniger schönen Tiefen.

Einen Mann wie Dich an meiner Seite zu wissen, war alles, was ich im Leben wollte.

Deine Güte, Deine Offenheit, Dein Humor und Deine Liebe zu mir, Du warst und bist ein toller Mensch.

Ich möchte Dir sagen, wie sehr ich Dich liebe, ganz egal, wie schwer die letzte Zeit auch für uns gewesen sein mag, Du warst für mich da.

Du hast gekämpft, mich aufgefangen und begleitet, und dafür bin ich Dir sehr, sehr dankbar.

Doch ich weiß auch, dass Du viel von Dir aufgegeben hast. Du hast dich vernachlässigt, und das soll nun aufhören.

Vor ein paar Tagen besuchte mich Billy in der Tagesbetreuung, und er berichtete mir, dass er schwer krank sei. Er wollte es Dir sagen, doch er fand bisher nie den Mut dazu. Er wusste, wie sehr Dich meine Situation beschäftigt, er konnte es noch nicht. Wir haben uns geschworen,

Dir nichts davon zu erzählen.

Sei ihm nicht böse, er wollte nur das Beste für Dich.

Die Tatsache, dass Du diesen Brief in Deinen Händen hältst, vermittelt mir, dass Billy nun ebenfalls nicht mehr an Deiner Seite weilt, denn Schwester Gabi gab uns ein Versprechen.

Sie würde den Brief erst zu Dir senden, wenn auch Billy nicht mehr im Leben weilt. Du hättest Dir sonst zu viele Sorgen gemacht. Dinge geschehen, und sie müssen mitunter akzeptiert werden. Ich bin mir sicher, Du wirst das akzeptieren.

Ich weiß, es fällt Dir sicher nicht leicht, diese Zeilen zu lesen, doch ich möchte, dass Du mit dem Ende dieses Briefes Deinen Frieden findest und abschließt. Du hast alles Dir Menschenmögliche getan, mir zu Seite zu stehen.

Du bist ein guter Mensch, doch nun ist es an der Zeit, den Rest Deines Lebens zu genießen, fernab all der Sorgen. Sollte Emma noch bei Dir sein, gib ihr ein Küsschen von mir. Heute unternehmen wir einen schönen Tagesausflug

in die Natur, die Sonne scheint nämlich ganz
wunderbar.
Es würde Dir gefallen, da bin ich mir sicher.

Pass auf Dich auf, mein Lieber, und
denke daran ...

Ich liebe Dich – und wir sehen uns wieder.

Ida

Kapitel 23

Ein letzes Mal

Emil Stingel atmete tief durch und steckte sich unter Tränen den Brief in die linke Brusttasche seines blauweiß karierten Hemdes. Er nahm seine Brille ab und wischte sich mit dem Handrücken seiner rechten Hand unzählige Tränen aus den Augen. Er atmete wiederum tief durch.

Kurz darauf ging er ins Wohnzimmer und nahm Emma fest in den Arm. Er drückte sie behutsam an sich, gab ihr ein Küsschen auf das samtig weiche Köpfchen und ging mit ihr noch einmal gemeinsam durch sein Haus, Zimmer für Zimmer.

Er nahm seine Brieftasche und schloss alle Fenster und die Haustür hinter sich ab, um anschließend in die Garage zu gehen. Emma hielt er dabei fest in seinen Armen.

Er setzte sie vorsichtig in ihr Radkörbchen und schob das alte Klapprad nach draußen. Die Sonne schien kräftig an jenem Tag, und mit Tränen in den Augen und einem Lächeln im Gesicht schwang er sich auf sein Klapprad, ruhig und bedacht.

Am Ende der Straße blieb er noch einmal stehen und warf einen letzten Blick zurück. Dann richtete er seine Brille und sattelte wieder auf.

Ganz egal, wohin ihn sein Weg auch führen würde, er war nun bereit dafür, bereit, alles hinter sich zu lassen, ohne jedoch dabei zu vergessen. Nun war er sechsundachtzig Jahre alt und glauben Sie mir eins, er war noch lange nicht am Ende. Er hatte das Gefühl, die ganze Welt verändern zu können. Und wenn schon nicht die ganze Welt, dann zumindest sich selbst.

Ende

Danksagung

Ich bin dankbar für meine Familie und meine Freunde. Ihr gebt mir Kraft und Mut, Toleranz und Akzeptanz. Ihr seid es, die mich menschlich erscheinen lassen.

Marc Benduhn

Nachtrag

10 Fragen an mich:

Wann habe ich jemanden zuletzt für etwas gelobt?

Wann habe ich jemandem das letzte Mal einen »Guten Tag!« gewünscht?

Wann habe ich jemandem zuletzt bewusst und ehrlich zugelächelt?

Wann habe ich zu jemandem zuletzt ein gutes Wort gesagt?

Wann habe ich jemandem in letzter Zeit einen Gefallen getan?

Wann habe ich jemandem zuletzt ein Kompliment gemacht?

Wann habe ich mich das letzte Mal bei jemandem für etwas aufrichtig bedankt?

Wann habe ich in letzter Zeit jemandem mal so richtig zugehört?

Wann habe ich das letzte Mal jemandem gesagt, wie schön es ist, dass es diesen jemanden gibt?

Wann habe ich all diese Fragen nicht nur in Bezug auf andere gestellt, sondern in Bezug auf mich, d. h., wann habe ich zu mir selbst das letzte Mal ein gutes Wort gesagt?

Notizen: